Rainer Langhans

Geschichten von der wahren Liebe

Rainer Langhans

Geschichten von der wahren Liebe

edition PHÖNIX

im Verlag Hermann Bauer
Freiburg im Breisgau

CIP-Titelaufnahme der Deutschen Bibliothek

Langhans, Rainer:
Geschichten von der wahren Liebe / Rainer Langhans. –
Freiburg im Breisgau : Ed. Phönix im Verl. Bauer, 1988
ISBN 3-7626-9506-7

Die *edition phönix* erscheint im
Verlag Hermann Bauer KG, Freiburg im Breisgau.

1988
ISBN 3-7626-9506-7

Umschlaggestaltung: Fred Weidmann, München.
Gesamtherstellung: Ebner Ulm.
Printed in Germany.

Inhalt

Vorwort

Dies sind Geschichten von der Liebe hinter der Liebe –
der wahren Liebe im weltlichen Gewand.
Ich lebe mit ihnen.
Mein Meister hat sie mir erzählt – oh, so viele Male!
Ich gebe sie nun weiter.

Ihre Form, diese unorientalische Schmucklosigkeit,
verantworte ich.
Verstehen auf den zweiten Blick, vielleicht.
Es gibt aber doch einige Blumen, lange Geschichten.
Sie sind, bis auf eine Ausnahme, von einer amerikanischen Schülerin. Die Ausnahme »Adam und Eva« hat Oskar A. H. Schmitz vor über fünfzig Jahren geschrieben. Er war Schriftsteller, Buddhist, Schwager von Alfred Kubin und Schüler von C. G. Jung – und ist heute natürlich vergessen.

Möge dies dem Leser gefallen.

Rainer Langhans

Bhikh

Ein Schüler lief einst berauscht auf der Straße und wiederholte in einem fort den Namen seines Lehrers: »Bhikh, Bhikh, o Bhikh!«

Ein Mann fragte ihn: »Wer bist du, mein guter Mann?«

»Ich bin Bhikh.«

»Wer ist dein Lehrer?«

»Bhikh ist mein Lehrer.«

»Wer ist dein Gott?«

»Bhikh, Bhikh.«

Inzwischen hatte sich eine immer wütender werdende Menge um beide gesammelt.

»Hängt ihn, er ist ein Ungläubiger!«

Er wurde zum König geschleppt, damit dieser das Urteil vollstrecke. Der König stellte ihm die gleichen Fragen.

»O König, ich bin nichts und habe nichts. Alles ist mein Bhikh.«

Der König sah die Berauschung in seinen Augen und fragte ihn: »Mein Reich leidet an einer großen Dürre. Kann dein Bhikh uns Regen schicken?«

»Herr, ich werde ihn fragen.«

Die Leute riefen: »Er wird weglaufen!«

Der König beruhigte sie: »Er kommt wieder.«

Am zweiten Tag regnete es in Strömen. Der Schüler kehrte zurück, und der König dankte ihm: »Überreiche deinem Lehrer die Einkünfte von einundzwanzig Dörfern, zugleich mit meinem Dank.«

Zu aller Erstaunen gab der Schüler dem König die entsprechende Urkunde sogleich zurück: »Diese Dinge haben keinen Wert in den Augen meines Lehrers, denn sie sind vergänglich.«

Die Wunder des Gemüts

Einmal stand ein weiser Mann vor einem Geschäft und betrachtete die ausgestellten Dinge. Da kam ihm ein Gedanke:

»O Gemüt, ich habe soviel von dir gehört – zeig mir doch einmal einige deiner Wunder.«

»Warte einen Augenblick.«

Da sah er, wie ein Mann, der neben dem Geschäft Honig verkaufte, ein wenig Honig an der Mauer des Hauses abwischte. Sofort stürzte sich ein Schwarm Fliegen darauf.

Das sah eine Eidechse und sagte sich: »Diese Fliegen sind meine Nahrung, und ich werde sie daher mit dem Honig fressen.«

Da kam die Katze des Geschäftsinhabers heraus, sah die Eidechse und fraß sie. Das rief einen Hund herbei, der die Katze zu jagen begann und tötete. Als der Geschäftsinhaber dies sah, wurde er zornig und ließ seine Diener den Hund ergreifen und töten.

Der Hund aber gehörte einem reichen Kunden, der nun voller Zorn mit dem Geschäftsinhaber zu streiten begann.

»Bist du nun zufrieden?« fragte das Gemüt den weisen Mann. »Aus dem Nahrungsbedürfnis der kleinen Fliegen entstand ein großer Streit zwischen zwei Freunden.«

Der Mann und die Frau

Einst lebten zwei Gefährten, ein Mann und eine Frau, und sie liebten einander aufrichtig. Zu einem Zeitpunkt ihres gemeinsamen langen Lebens erhielt die Frau eine Aufforderung, einen gebieterischen Ruf, eine weite, weite Reise zu einem sehr entlegenen Ort anzutreten. Der Eine, der sie gerufen hatte, wartete dort auf sie. Er sandte seine beiden Diener, Licht und Musik, um sie auf ihrem Wege zu leiten. Die Frau begann die Reise; sie hatte keine andere Wahl. Sie liebte die Musik und das Licht, und sie wußte, daß sie den Einen, der sie gerufen hatte, mehr als die ganze Welt lieben würde. Der Mann jedoch hatte keinen Ruf erhalten. Er wußte auch nichts von dem Einen, der rief, und von seinen beiden Dienern Licht und Musik. Da er aber seine Frau aufrichtig liebte, beschloß er, sie auf ihrem Wege zu begleiten.

Sogleich aber erhoben sich Schwierigkeiten zwischen ihnen. Die Frau wurde so berauscht von der Aussicht auf die Reise und durch die beiden Führer und war so versunken in ihre Träume in bezug auf das, was sie an diesem wunderbaren, entlegenen Ort erwarten würde, daß sie ihren Begleiter sehr vernachlässigte und ihn schließlich – so war ihr Gemütszustand – als ein echtes Hindernis auf dem Weg betrachtete. Der Mann wiederum wurde sehr ärgerlich. Es schien, als verlöre er seine geliebte Gefährtin an etwas, das er nicht kannte. Er fing an, verletzende Worte zu ihr zu sagen, und versuchte, sie davon abzuhalten, die Reise zu machen. Aber wenn sie sich umschaute, bekam sie einen Schrecken; ihre Augen nahmen dort nichts wahr, hinter ihr war nur leerer Raum und Nebelschleier. Für sie öffnete sich der Weg nur nach vorn, es gab keinen Rückweg. Sie stritten ernstlich miteinander. Der Mann drohte, sie zu verlassen. Die Frau gab vor, daß sie sich nicht darum kümmere, aber das Herz war ihr sehr schwer. Sie beschloß, den Weg weiterzugehen, auch wenn sie allein sein würde.

Da erschien ihr in einer Schau der Eine, der von dem weit entlegenen Platz nach ihr gesandt hatte. Sein schönes Gesicht war sehr ernst, und aus seinem Verhalten erkannte sie, daß er ganz und gar nicht zufrieden war. »Was tust du da – alleine zu reisen?« fragte er die Frau. »Hast du keinen Gefährten?«

»Ich hatte einen«, flüsterte sie von Ehrfurcht ergriffen durch seinen Anblick und ganz erschrocken, daß sie ihm so mißfallen hatte, »aber er ging weg.«

»Dann geh zu ihm zurück; die Nöte deines Gefährten haben Vorrang. Mache ihn glücklich, und dann kannst du den Weg fortsetzen. Alles, was du zu tun hast, ist, ihn zu lieben. Denke daran, je größer eure Liebe zueinander wird, um so größer wird deine Liebe für mich werden.« Dann war er verschwunden.

Voll von Gewissensbissen wegen ihrer Starrköpfigkeit und auch erfüllt von dem Wunsche, dem Einen zu gehorchen, der sie hatte rufen lassen, eilte die Frau zu ihrem Mann, der gedankenverloren an einem Flußufer saß. »Ich habe es in letzter Zeit nicht vermocht, dich froh zu machen«, sagte sie sanft. »Es tut mir so leid, daß ich dich verletzt habe. Ich hatte solche Scheuklappen; ich denke, sie sind nun fort.« Sie kniete sich zu seinen Füßen nieder und schaute empor in sein Gesicht: »Ich liebe dich doch wirklich.« Der Mann schaute auf sie herab, sein Auge verdunkelte sich vor Schmerz. »Ich glaube dir nicht«, sagte er. »Du mußt es mir beweisen. Allein die Zeit wird die Wahrheit oder die Unwahrheit deiner Worte zeigen.«

Sie begannen ihr gemeinsames Leben noch einmal. Die Frau wußte, daß sie sich irgendwie noch auf der Reise befand, obwohl sie nirgends hinging, und der Mann bekam allmählich Vertrauen und war zufrieden. Wenn die Frau gelegentlich in ihre alten Träumereien fiel, holte der Mann sie daraus zurück und sagte, manchmal ärgerlich, manchmal sorgenvoll: »Wir müssen zueinander völlig offen sein; ich brauche dich hier bei mir, nicht bei einer Träumerei.« Oft weinte sie in einer seltsamen Mischung aus Leid und Danksagung; es schien ihr, sie sei weit von ihrem Weg abgekommen, den Einen zu sehen, den sie mehr als die ganze Welt zu lieben gelernt hatte – und doch spürte sie, daß ihr Gefährte ihr auf der Reise half, indem er sie zwang, seinen Wünschen zu folgen. Und sie wollte ja gehorchen; auch wenn ihr törichtes Gemüt protestierte, ihr Herz wollte gehorchen. Die Frau merkte, daß ihr immer mehr mißriet. Wenn sie gänzlich strauchelte, so war es der Mann, der sie zurechtwies, Änderungen verlangte, sie wiederum auf die rechte Bahn brachte.

Diese Entwicklung währte eine gewisse Zeit lang. Als sich aber die Aufmerksamkeit der Frau mehr und mehr auf ihren Begleiter konzentrierte und immer weniger auf sich selbst, da wurde sie gewahr, daß ihr Begleiter kein anderer als der Eine war, der nach ihr gesandt hatte – in einer anderen Gestalt – und sie war von einem Gefühl der Dankbarkeit für solch ein großes Geschenk überwältigt. Ohne ihren Gefährten hätte sie die Reise überhaupt nicht antreten können. Hätte sie es getan, so wäre sie ohne ihn viele irreführende Umwege gegangen. Immer wieder war es seine Kritik, seine Achtsamkeit, die sie auf dem rechten Wege hielten. All sein Antreiben und Drängen sollte sie nur für den wahren Anfang öffnen – das Durchschreiten des ersten Tores. Dort fand sie den Einen, der mit ausgebreiteten Armen auf sie wartete. Sein Gesicht strahlte vor Liebe und Freude:

»Ich habe sie hierher gebracht«, sagte der Mann. »Du hast es recht gemacht, mein Sohn«, erwiderte der Eine.

»Nun ergreife jeder eine Hand von mir, und laßt uns den Rest der Reise gemeinsam zurücklegen.«

Die Geschenke

Ein König hatte vier erwachsene Töchter. Eines Tages ging er auf eine Reise in ein fernes Land.

»Was soll ich euch von dort mitbringen?«

Die erste Tochter wünschte sich edles Geschmeide, die zweite ein kostbares Pferd und die dritte schöne Kleider.

Die jüngste Tochter sagte: »Komm zu mir zurück.«

Nach seiner Rückkehr erhielten die Töchter ihre Geschenke; zur jüngsten ging er selbst.

Eine Krishnageschichte

Eine Frau war einem Mann in die Hände gefallen, der ihr Gewalt antun wollte. In ihrer Not rief sie nach ihrem Geliebten, den sie einige Meilen weit weg wähnte. Er brauchte entsprechend lange – bis es fast zu spät war.

»Wo warst du solange?«

»Wußtest du nicht, daß ich in dir bin?«

Der Prophet

Ein Prophet kam in eine Stadt und rief ihren Bewohnern zu: »Die Welt geht unter. Kehret um, sonst ist es zu spät!«

Niemand hörte auf ihn.

Er tat das täglich zwanzig Jahre lang.

Da fragte ihn ein Kind: »Warum tust du das, wo doch niemand auf dich hört?«

»Zuerst wollte ich, daß die anderen umkehren. Jetzt tue ich es, damit ich selbst umkehre.«

Der Geist

Ein Mann erhielt von einem umherziehenden Zauberer einen dienstbaren Geist geschenkt.

»Er wird alles tun, was du befiehlst. Aber wisse, du mußt ihn immer beschäftigt halten, sonst bemächtigt er sich deiner und du mußt ihm in die Hölle folgen.«

In zwei Tagen war alles getan, was sich der Mann wünschte. Nun bekam er Angst, weil ihm nichts mehr einfiel, und er fragte einen weisen Mann um Rat.

»Stell eine Stange auf und befiehl ihm, daran herauf- und herunterzuklettern.«

Das tat er, und von nun an hatte er seine Ruhe.

Der Faden

Ein König fragte seinen Minister: »Wie kann man einen Faden verkürzen, ohne ihn abzuschneiden?«

»Indem man einen längeren danebenlegt«, sagte der Minister.

Die Hochzeit

Sie feierten das Fest ihrer Verlobung, und jeder war glücklich. Der zukünftige Ehemann saß wie ein König auf einem Thron, und alle Gäste scharten sich um ihn und bewunderten ihn. Die zukünftige Braut war jung und sehr schüchtern. Sie warf oft einen verstohlenen Blick auf den Mann, den sie heiraten sollte, und dachte immer: »Wie kommt es nur, daß ich von all den Leuten so begünstigt bin, diesen großen Menschen zu heiraten. Seht, wie schön er ist und wie freundlich! Wie glücklich ich bin!« Der zukünftige Ehemann, als ob er ihre Gedanken lesen könnte, erwiderte alle Blicke und schürte das Feuer mit einem viel größeren Feuer.

Während der Feierlichkeiten rief er sie einmal an seine Seite und überhäufte sie mit Geschenken. Eines bestand aus drei Kleidern, die übereinander paßten. (Eine christliche Quelle: Johannes vom Kreuz erwähnte drei einander gleichartige Kleider als Symbole für die göttlichen Eigenschaften von Glaube, Hoffnung und Liebe. Das rote Kleid stellt die Liebe dar.) Das äußere Kleid war eine prächtige, lange Robe aus schwerem, rotem Brokat. Es war reichlich bestickt mit goldenen und silbernen Fäden, mit Perlen und kostbaren Steinen. Das zweite war ein einfacheres Kleid aus weichem, grauem Satin. Es war auch lang und sah kostbar aus, aber es hatte keine Verzierungen. Das dritte, das innerste Kleid, war ein schlichtes, kurzes Seidenunterhemd von blendendem Weiß. Nachdem sie die Kleider angezogen hatte und wieder zögernd vor ihm erschien, füllte er ihre Arme mit reifen Früchten und lachte in ihre Augen. »Ich glaube, daß du jetzt alles hast, was du brauchst«, sagte er fröhlich. Die kleine zukünftige Braut fühlte sich berauscht. Sie floß vor Liebe und Freude über, und das Feuer in ihr wuchs und wuchs. »Ich möchte nur noch bei ihm sein«, dachte sie sich inbrünstig. »Alles, was ich in der Welt haben möchte, ist, für immer bei ihm zu sein.« Und sie tanzte vor Freude vor ihm.

Es war eine so beglückende Zeit.

Dann dachte die zukünftige Braut bei sich: »Er hat aber nichts über unsere Hochzeitspläne gesagt; wann wird sie stattfinden?« Sie zupfte an seinem Ärmel und murmelte: ». . . und unsere Hochzeit?« – »Bald, bald«, antwortete er, »werde ich in deiner Nähe sein.« Mit dieser unklaren Antwort mußte die zukünftige Braut zufrieden sein.

Er war in ihrer Nähe; sie sah ihn von Zeit zu Zeit, und jedesmal, wenn sie bei ihm war, entfachten seine Blicke das Feuer noch mehr. Aber die Zeit der Trennung wurde immer schmerzvoller für die zukünftige Braut, und sie sehnte sich nach einem endgültigen Wort über ihre Heirat.

Als sie wieder zusammen waren und sie über die Länge ihrer Trennung weinte, nahm er sie auf seinen Schoß und tröstete sie wie ein kleines Kind. Er sagte ihr: »Es gibt einen Weg, um die ganze Zeit bei mir zu sein, wenn du es wirklich willst. Es gibt eine Geheimtreppe zu meiner Wohnstätte. Wenn du wirklich immer bei mir sein willst, steige die Treppe hinauf. Sie ist hundert Stufen hoch und sehr, sehr schmal. Du mußt alles zurücklassen und den ganzen Weg nach oben hinaufgehen, ohne einmal an etwas anderes als an mich zu denken.« Er strich ihr übers Haar und lächelte auf sie herab, und sein Gesicht strahlte dabei vor Liebe. »Ich warte dort auf dich«, sagte er, »dessen kannst du sicher sein.«

Sie hörte seine Worte, schenkte ihnen aber nicht ausreichend Beachtung. Es war für sie genug, daß sie wieder eine Weile bei ihm war und daß das Feuer in ihr immer größer wurde.

Er war in ihrer Nähe; sie sahen einander mehr oder weniger häufig, und eines Tages, ohne jede vorherige Benachrichtigung, erhielt die zukünftige Braut die Nachricht, daß ihr Geliebter plötzlich heimgegangen war.

Sie war ihrer Hoffnung beraubt, sie war untröstlich. Sie konnte weder essen noch schlafen, sie weinte fortwährend. Es schien ihr, daß alles Licht verloschen war, das ganze Leben keinen Sinn mehr hatte. Konnte es sein, daß er sie nach allem doch nicht heiraten wollte, fragte sie sich. Nein, nein – die Erinnerung an seine zahllosen strahlenden Blicke und all seine liebevolle Fürsorge bestätigte ihr, daß das nicht wahr sein konnte. Nun gut, konnte es denn sein, daß er dachte, ihr sei nicht genug daran gelegen, ihn zu heiraten? Dieser Gedanke war ihr noch schmerzlicher als der erste.

Eine Zeitlang ging sie mit gebrochenem Herzen in dieser traurigen Welt umher und fragte sich, wo die Wohnstatt ihres Geliebten sei und wie sie ihm möglicherweise dorthin folgen könne. Eines Tages schließlich erinnerte sie sich in all ihrer Not und Einsamkeit, was er ihr damals gesagt hatte, als er sie wie ein kleines Kind gehalten und getröstet hatte. Es kam ihr zum Bewußtsein, daß er ihr das gleiche zu anderen Zeiten auch gesagt hatte, aber sie war vergeßlich, so vergeßlich gewesen. Es gab eine Treppe, hundert Stufen hoch, sehr schmal . . ., wenn sie ihn sehen wollte, müßte sie die ganze Treppe hochsteigen und an nichts anderes als an ihn denken . . . Die ganze Zeit, wo er in der Nähe war, hätte sie so bei ihm sein können, aber es schien ihr damals nicht so von Bedeutung. Nun aber, wo es keinen anderen Weg gab, ihn zu sehen . . .

Sie setzte sich sehr, sehr ruhig hin; und plötzlich sah sie durch ihre Tränen die Treppe. Ja, sie war sehr schmal, und sie war sehr steil; sie konnte ihre oberste Stufe nicht wahrnehmen. Doch die Erinnerung an ihres Geliebten Blicke ergriff sie und ließ sie nicht los, und das Feuer in ihr brannte und brannte. Sie dachte sich zum millionsten Mal: »Alles, was ich will, ist, bei ihm zu sein; alles, was ich in der

Welt will, ist, für immer bei ihm zu sein.« Und sie begann emporzusteigen.

Es war nicht leicht. Tatsächlich war es das Schwierigste, was sie jemals in Angriff genommen hatte. Ihr wurde klar, daß bei all ihrer Liebe sich andere Dinge in ihr Gemüt drängten, die sie ausgleiten ließen und wodurch sie die Treppe immer wieder hinunterfiel. Aber ihre Liebe war stark und wuchs ständig, und sie wollte sich nicht entmutigen lassen. Hatte er ihr nach allem nicht wiederholt versichert, daß er am Ende der Treppe auf sie warte?

Nach und nach begann sie alles zu vergessen, was in der Welt um sie herum vor sich ging, da sie mehr und mehr konzentrierte Aufmerksamkeit auf das Ersteigen der Treppe aufwandte. Und allmählich drängte die Liebe alle anderen Gedanken aus ihrem Gemüt, bis ihr schließlich nur der Gedanke an das strahlende Gesicht ihres Geliebten im Sinn blieb und die brennende Sehnsucht im Herzen, ihn wiederzusehen.

Schließlich kam der Tag, als sie es wieder versuchte und es schaffte, den ganzen Weg bis zum Ende an nichts anderes als an ihren Geliebten zu denken.

Und siehe da, auf der hundertsten Stufe öffnete sich eine Tür, und Licht strömte heraus. Da stand er wie ein König am Tor des Palastes und öffnete seine Arme weit. »Ich wußte es, daß du eines Tages kommen würdest«, sagte er und lachte dabei in ihre Augen, als er sie zu sich in die Tür zog. Dann drehte er sich um und gab ein Zeichen, das Hochzeitszeremoniell zu beginnen.

Das Feuer

Zu einem Mann, der in die Herzen anderer Menschen sehen konnte, kam einmal ein Freund und lud ihn ein, einen heiligen Mann zu besuchen, der auf der Durchreise war. Nach einigen Minuten des Schweigens fragte der Mann den Heiligen nach Feuer. Dieser bedauerte.

Nach einiger Zeit fragte er ihn erneut nach Feuer. Leicht ungeduldig werdend verneinte dieser erneut. Doch er fragte ein drittes Mal.

Diesmal wurde der Heilige wütend und verbat sich die unsinnige Fragerei.

»Bist du sicher, daß du kein Feuer hast?« fragte er noch einmal.

Er wurde geschlagen.

»Danke, Bruder. Nun ist meine Frage beantwortet. Ich sah und roch Rauch, als ich dich sah. Nun kann jeder die Flammen des Ärgers sehen, die das verborgene Feuer hat auflodern lassen. Und doch sagtest du, daß du keins hättest.«

Der Heilige verstand und sagte: »Danke, Bruder, für die Lektion.«

Das Horoskop

Ein König schickte einmal nach seinem Hofastrologen, um sich von ihm seine fernere Zukunft voraussagen zu lassen. Dieser stellte seine Berechnungen an und erschien danach voller Entsetzen vor dem König.

»O König, dich erwartet ein furchtbares Schicksal. Zunächst werden alle deine Verwandten sterben. Dann werden auch deine Frau und deine Kinder vor dir abberufen werden. Schließlich wirst du auch dein Reich verlieren!«

Der König wurde wütend, als er dies hörte, und ließ den Astrologen ins Gefängnis werfen. Dann ließ er einen anderen bekannten Astrologen kommen und beauftragte ihn mit derselben Aufgabe.

Dieser kam freudestrahlend am anderen Tag zu ihm und rief:

»O König, ich habe dir ein überaus glückliches Schicksal zu künden. Du wirst nicht nur deine Verwandten und deine Familie überleben, sondern im Alter auch die Muße finden zu einem beschaulichen und nach innen gewandten Leben.«

Er wurde reich belohnt.

Das Unheil

In einem kleinen Dorf lebte ein Heiliger, bei dem die Bewohner des Dorfes täglich Rat und Hilfe suchten. Eines Tages trat in diesem Dorf eine Seuche auf, die alles Federvieh hinwegraffte. Die Leute gingen zu dem Heiligen und baten ihn um Rat.

»Es hat etwas Gutes«, sagte der Heilige und ließ sich keine weitere Antwort entlocken.

Etwas später erfaßte die Seuche auch das übrige Vieh der Dorfbewohner und wieder liefen sie voller Verzweiflung zu dem Heiligen.

»Gott wird wissen warum«, sagte er nur.

Schließlich vernichtete ein Waldbrand alle Bäume in der Umgebung und sie hatten kein Feuerholz mehr.

»Geduld, es ist nicht leicht, die Pläne Gottes zu begreifen.«

In dieser Zeit zog ein brandschatzender Eroberer durch die Gegend. Überall, wo er hinkam, hinterließ er eine Spur der Verwüstung. Als er das Dorf auf seinem Raubzug sah, sagte er zu seinem General:

»Da gibt es nichts zu holen. Laß uns weiterziehen zum nächsten Dorf.«

Der verkleidete König

Es war einmal ein König, der nachts verkleidet ausging, um nach seinen Untertanen zu sehen. Eines Nachts begegnete er fünf finster aussehenden Männern. Auf seine Frage gaben sie sich als Räuberbande zu erkennen.

»Das ist gut, denn ich bin auch ein Räuber«, sagte der König.

»Sehr gut, Bruder. Schließ dich uns an, denn wir planen gerade einen Raub für heute nacht und waren gerade dabei, den Anführer dazu zu bestimmen. Welche Fertigkeit besitzt du?«

Der erste Dieb sagte: »Ich beginne. Ich kann eine Strickleiter hoch und sicher anbringen, so daß wir über jede Mauer gelangen können.«

»Und ich kann lautlos jede Mauer durchbohren.«

»Meine Fertigkeit besteht darin, jeden verborgenen Schatz zu riechen und zu ihm zu führen«, sagte der dritte.

»Ich verstehe die Sprache der Tiere, und das kann oft von großem Nutzen sein.«

»Selbst in stockdunkler Nacht kann ich jemanden erkennen, wenn ich ihn nur einmal vorher gesehen habe«, sagte der letzte.

Nun war der König an der Reihe: »Von meiner Fertigkeit habt ihr sicher noch nicht gehört. Wenn ich meinen Bart ein wenig bewege, dann entrinnen die Leute der Schlinge des Henkers.«

Die Diebe wählten ihn daraufhin zu ihrem Anführer und beschlossen dann, den Palast des Königs zu berauben. Als sie sich auf den Weg machten, bellte sie ein Hund an.

»Was sagt der Hund, Bruder?« fragten sie den der Tiersprache Kundigen.

»Das ist ja seltsam. Der Hund meint, daß einer von uns armen Teufeln ein König sei.«

Die Diebe lachten laut.

Mit der Strickleiter überwanden sie dann die Palastmauer, drangen durch ein Loch in den Palast ein, rochen den Schatz und verschwanden unentdeckt. Am nächsten Morgen wurden sie von den Wachen des Königs festgenommen und zum Richtplatz geführt, um gehängt zu werden.

Der eine Dieb mit der entsprechenden Fähigkeit erkannte den König, den er nur nachts und in seiner Verkleidung gesehen hatte, wieder.

»O König, hab Erbarmen mit uns. Bitte bewege deinen Bart und rette uns das Leben. Wir versprechen dir feierlich, niemals mehr zu stehlen, sondern in deine Dienste zu treten und dir treulich unser ganzes Leben zu dienen.«

Der König bewegte seinen Bart.

Ehrlicher Verdienst

Es war einmal ein König, der nach seiner Tagesarbeit seinen Lebensunterhalt damit verdiente, daß er heilige Bücher abschrieb. Sein persönlicher Diener verkaufte die Abschriften dann auf dem Markt. Der Diener hatte seinen Lohn schon monatelang nicht mehr erhalten, als er eine Nachricht von zu Hause erhielt, daß er dringend dorthin reisen müsse. Er bat den König daher um seinen ausstehenden Lohn.

»Es tut mir sehr leid, aber ich habe zur Zeit kein Geld«, sagte dieser.

Er wartete eine Weile und fragte erneut. Diesmal erhielt er eine geringe Summe.

»Das Geld ist ehrlich verdient, und du wirst seinen Segen erfahren«, sagte sein Herr zum Abschied.

Von dem Geld kaufte er dann als Geschenk für seine Familie einige Granatäpfel.

Auf seiner Reise kam er in ein Land, dessen Königin krank war und nur durch Granatäpfelsaft wieder gesunden könne, wie ihre Ärzte feststellten. Da in diesem Land keine Granatäpfel wuchsen, verkaufte er sie dem König, der ihm dankbar mit hohem Lohn und einer Eskorte nach Hause weiterreisen ließ.

Bindungen

Ein Heiliger sah bei seinen Wanderungen einen jungen Mann oftmals in seinem Garten sitzen. Eines Tages wandte er sich an ihn und sagte: »Höre, wäre es nicht besser, du kümmertest dich um dein inneres Vorankommen?«

Der Mann antwortete: »Ich habe kleine Kinder und werde mich darum kümmern, wenn sie groß sind.«

Nach vielen Jahren begegnete der Heilige ihm wieder: »Hast du nun Zeit?«

»Oh, ich muß mich jetzt um ihre Verheiratung kümmern, damit sie auf eigenen Beinen stehen. Dann werde ich Zeit finden.«

Später dann: »Ich möchte meine Enkel aufwachsen sehen, und auch sie müssen verheiratet werden.«

Jahre später kam der Heilige wieder einmal bei dem Haus vorbei und fragte nach dem alten Mann und erfuhr, daß er gestorben war, tätig bis an sein Lebensende.

Die Prinzessin

Als Prinzessin geboren, hatte sie immer alles, was ihr Herz begehrte. Bis zum achtzehnten Lebensjahr war sie mit einem beständigen Lächeln und nie schwankendem Schritt buchstäblich durchs Leben getanzt, bis eines Nachts etwas geschah, was sie vollständig veränderte.

Es war nach einem großen Fest. Sie hatte selbstkomponierte Lieder vor ihrem Vater, dem König, und dem ganzen Hofstaat vorgetragen. Sie hatte die ganze Nacht mit vielen Jünglingen getanzt, und sie wurde gefeiert, da sie das schönste Gesicht im ganzen Königreich hatte. Der Hofstaat tuschelte von ihrer baldigen Heirat.

Sie war zu Bett gegangen, müde, doch freudig erregt bei dem Gedanken an ihren wachsenden Ruhm. Aber in dieser Nacht vergingen die Stunden, und sie konnte nicht schlafen. Die Geräusche im Palast wurden allmählich schwächer, bis sie ganz verstummten. Alles war ruhig, doch die Prinzessin konnte noch immer nicht schlafen. Sie wälzte sich hin und her, versuchte, sich den Glanz des Abends in Erinnerung zu rufen, die Gesichter ihrer Gesellschafter, ihre Musik, alles nützte nichts.

Dann hörte sie ein Geräusch, den Laut eines Menschen, der bitterlich schluchzte. Die Stimme war gedämpft, so, als ob sie von sehr weit her käme. Sie lag ruhig da und wunderte sich. Woher kam dieses herzzerreißende Weinen? Dann, mit einem Ruck, der sie kerzengerade im Bett aufsitzen ließ, erkannte sie die Ursache des Geräusches. Es kam tief, tief irgendwo aus ihrem eigenen Körper. Mit klopfendem Herzen saß sie da und lauschte mit ihrer ganzen Aufmerksamkeit.

»Laß mich heraus!« schrie die Stimme, »laß mich heraus!«

»Wer bist du?« flüsterte sie erschreckt.

»Ich bin dein Selbst«, schrie die Stimme verzweifelt, »willst du mich nicht bitte herauslassen!«

»Sei nicht albern«, sagte sie zu der Stimme, »ich bin mein Selbst. Ich brauche nur in den Spiegel zu schauen, und da sehe ich mich ganz deutlich.«

»Nein, das kannst du nicht«, sagte die Stimme, »du bist eine endlose Sammlung von falschen Gesichtern. Laß mich heraus, und ich werde dir zeigen, wer du wirklich bist.«

»Red' nicht so einen Unsinn«, sagte sie, »geh und laß mich in Ruhe. Ich bin sehr müde und möchte jetzt schlafen.«

»Höre mich jetzt, liebe Prinzessin«, beharrte die Stimme, »du wirst nicht schlafen können, solange du mich nicht herausläßt. Ich möchte gehört werden!« Die Stimme wurde sehr laut und gab ein durchdringendes Wimmern von sich.

Sie verstopfte vor Schreck ihre Ohren und dachte: »Wenn das so weitergeht, werde ich bestimmt verrückt. Ich muß den Palast verlassen, bis ich dies unglückliche Geschöpf losgeworden bin, und dann komme ich zurück:

»Sie kroch aus dem Bett, warf schnell eine lange Robe über, zog darüber einen wollenen Mantel und schlich barfuß durch die ruhigen Hallen, die große Treppe hinunter, hinaus in die verlassenen Gärten des Palastes und durch ein kleines Tor in den angrenzenden Wald.

Glücklicherweise schien der Mond, doch auch wenn er nicht dagewesen wäre, hätte sie den Weg finden können. Sie kannte den Wald so gut wie den Palast, da sie Jahre damit zugebracht hatte, beide zu erforschen. Sie kannte die Fährten und Lauben, Dickichte und Unterhölzer, und diese Nacht ging sie zu ihrem Lieblingsort, einer alten Turmruine am anderen Ende des Waldes. Es war eine einsame Stätte; sie war eines Tages darauf gestoßen, als sie

Schutz vor einem plötzlichen Sturm suchte. Keiner würde daran denken, sie in einer so vergessenen Ecke zu suchen.

Schließlich konnte sie die großen, moosbewachsenen Felsen erkennen, die den Eingang zum Turm markierten. Sie ging auf sie zu und setzte sich in den dunklen Eingang, das Gesicht dem Wald zugewandt. »Nun denn«, sagte sie zu ihrem Selbst, »was willst du, daß ich tun soll?«

Die Stimme schrie lauter denn je: »Laß mich heraus!«

»Wie kann ich das?« fragte sie.

»Du mußt einen Weg finden, du mußt, du mußt!« schrie die Stimme, und plötzlich, als ob eine Schleuse geöffnet worden wäre, begann sie in einem Schwall von Worten der Prinzessin zu erzählen, wie lange sie ein Gefangener gewesen war und wie fürchterlich sie gelitten hatte.

»Hör auf!« rief sie nach einiger Zeit, »ich habe noch nie eine so traurige Geschichte gehört, ich kann kein Wort mehr davon hören. Gibt es niemand, der mir beisteht, dir zu helfen?« Und sie warf sich auf den Boden und schluchzte und schluchzte.

Eine ungewöhnliche Stille herrschte im Wald, als ein sonderbares Bild vor dem inneren Auge der Prinzessin erschien. Sie war ein Schloß geworden, und ihr Gesicht war der höchste Turm. Eine lange Treppe wand sich nach unten durch den Turm zu dem geheimsten Verließ im Schloß. Eine kleine Gestalt aus Licht lag in dem Verließ, eine Gestalt in Ketten, gebrochen und traurig. Die Gestalt schluchzte verzweifelt, als von außen ein langer Arm hereinreichte und den Schlüssel in der Tür zum Verließ umdrehte. Die Gestalt erhob sich und kämpfte sich zur Tür vor. Sie stieß die Tür auf und stand schwerbeladen am Fuße der Treppe. Dann begann sie zu rufen: »Laß mich heraus! Laß mich heraus!« Der lange Arm begann, Ziegel um Ziegel von der Vorderseite des Turmes zu reißen, und mit jedem Ziegelstein fiel ein Glied von der Kette der leuchtenden Gestalt – verwandelt in einen Schmetterling, der davonflog. Die Ziegelsteine fielen, die Gestalt kletterte nach oben, bis sie die oberste Stufe erreichte, wo sie, befreit von all ihren Ketten, in dem Haufen der gefallenen Ziegelsteine dastand. In diesem Augenblick schmolz das ganze Schloß zu nichts zusammen, und alles, was in der Vision der Prinzessin blieb, war die Gestalt aus Licht.

Beim Morgengrauen durchbrach ein Rascheln die tiefe Stille ihrer Tränen, und sie schaute auf. Direkt gegenüber, im Schatten einer Eiche, saß ein weißgekleideter alter Mann, dessen Gesicht wie die Sonne leuchtete. Seine Augen waren warm und weise, als er die Prinzessin ansah. »Gut gemacht«, sagte er, »dein Selbst ist tatsächlich am Fuße der Leiter. Es war kein Traum. Nun, wollen wir anfangen?« – »Wer seid Ihr?« flüsterte sie scheu vor solch einem Besucher im entlegensten Teil von ihres Vaters Wald.

Der alte Mann antwortete: »Ich bin mein Selbst.«

»Die Stimme, die sich mein Selbst nennt, sagt, daß ich nur aus unwahren Gesichtern bestünde«, sagte sie, »sie sagt, daß sie wahr sei und ich nicht. Wie kann ich herausfinden, ob dies wahr ist?«

»Nur Geduld«, sagte der alte Mann, »hier werde ich es dir zeigen.« Er hob eine Handvoll Erde vor der Prinzessin aus. Sofort entstand eine kleine Pfütze voll mit klarem Wasser. Nicht eine Welle kräuselte die Oberfläche. »Nun schau dein Gesicht an«, wies er sie an, »und sage mir, was du siehst.«

Sie lehnte sich nach vorne und schaute in die Pfütze auf ihr Spiegelbild. Was sie sah, war nicht die leuchtende Gestalt ihrer Vision, nichts dergleichen. Noch war es das Bild, das sie in den Spiegeln des Schlosses zu bewundern pflegte. Was sie in der Pfütze sah, war ein Gesichtsausdruck – einer der vielen Hunderte, die ihr jeden Tag durch den Sinn huschten. »Oh!« sagte sie, »ich schaue so gierig. Ich sehe aus, als ob alles, was ich möchte, noch mehr Schokolade ist, nachdem ich bereits die halbe Schachtel aufgegessen habe.«

»Möchtest du so aussehen?« fragte der alte Mann.

»Nein«, murmelte sie mit Tränen in den Augen.

»Gut, lege diese Miene ab«, sagte der alte Mann.

Sie hob ihre Hände zum Gesicht und zog und zog. Aber nichts geschah.

»Ihr macht euch über mich lustig«, sagte sie zu dem alten Mann.

»Nicht im geringsten«, antwortete er, »du kannst mich um Hilfe bitten.«

Sie neigte ihren Kopf. »Bitte, helft mir«, sagte sie, »offensichtlich kann ich es nicht selbst.«

Der alte Mann reichte über die Pfütze und berührte nur das Gesicht der Prinzessin. Eine Maske, so dünn wie eine Zwiebelhaut, fiel in seine Hand, kräuselte sich nach oben und verdorrte wie ein welkes Blatt. Er blies es fort.

»Nun«, sagte er ruhig, »sieh wieder in die Pfütze. Was siehst du?«

Sie lehnte sich nach vorne wie vorher und sah ihr Spiegelbild prüfend in der Pfütze an. »Oh, ich sehe so faul aus!« sagte sie, »ich sehe aus, als ob ich den ganzen Tag nichts getan hätte und nun nicht einmal willens wäre aufzustehen, um meinen Vater, den König, zu begrüßen.«

»Willst du so aussehen?« fragte der alte Mann.

»Nein«, murmelte sie mit Tränen in den Augen.

»Gut, dann leg auch diese Miene ab«, sagte er.

»Tut ihr es bitte«, bat sie ihn, »ich weiß nun, daß ich nichts ohne eure Hilfe tun kann.«

Wieder reichte der alte Mann über die Pfütze und berührte das Gesicht der Prinzessin. Abermals fiel eine Maske, so dünn wie die Haut einer Zwiebel, in seine Hand, kräuselte sich nach oben und verdorrte wie ein welkes Blatt. Er blies es fort. »Du mußt nun etwas essen, bevor wir fortfahren«, sagte der alte Mann und gab ihr einen kleinen Korb mit Früchten, Käse, Brot und Nüssen, den er hinter dem Baum hervorgeholt hatte. Sie nahm es dankbar an und aß. Der Mann saß in seine eigenen Gedanken versunken da und wartete, bis sie fertig war. Ohne ein Wort zu sagen, gab sie ihm den leeren Korb zurück, und ohne ein Wort zu sagen, stellte er ihn hinter den Baum. Dann wies er sie an: »Schau noch einmal in die Pfütze und sage mir, was du siehst.«

Die Tage gingen vorüber, und jeder verlief auf die gleiche Weise. Wenn sie des Morgens aufwachte, war bereits der alte Mann da und wartete auf sie. Er holte dann den kleinen Korb mit Nahrung hervor und wartete geduldig, während sie aß. Dann lenkte er ihre Aufmerksamkeit auf das Spiegelbild in der Pfütze. Sobald sie den jeweiligen Gesichtsausdruck erkannt hatte, nahm er ihn von ihrem Gesicht. Die Arbeit war ermüdend. Sie konnte nur wenige Gesichtsausdrücke an einem Tag deuten. Wenn sie müde wurde, sagte der alte Mann, daß sie schlafen solle – ihre Arbeit würde am nächsten Morgen wieder beginnen.

Eines Nachts sah sie vor ihrem geistigen Auge das Schloß wieder. Der Turm war zum größten Teil verfallen, und die Gestalt aus Licht hatte mehr als die Hälfte der Stufen erklommen. An dem Morgen erwachte sie glücklicher, als sie lange gewesen war.

Die Gesichtsausdrücke, die sie in der Pfütze sah, wurden jedoch immer subtiler und dementsprechend schwierig zu deuten. Bald kam ein Tag, an dem der alte Mann gespannt zuschaute, als sie sich anschickte, in die Pfütze zu schauen. Mit gutem Grund: Sie sah dort einen Gesichtsausdruck, den sie niemals zuvor gesehen hatte oder sich hätte vorstellen können, daß ihn irgend jemand hatte. Es war ein grausamer Anblick, ein Anblick von nacktem Haß und Stolz. Es war ihr eigenes Gesicht, aller äußerer Masken beraubt, und es war fürchterlich anzusehen. Die Spiegelung hielt sie sehr gefangen. Ein starkes Schaudern ging durch ihren Körper, und sie begann heftig zu zittern. Mit all ihrer Kraft zog sie ihre Aufmerksamkeit von dieser hypnotischen Spiegelung hinweg, und nachdem sie einen Moment direkt in die Augen des alten Mannes gesehen hatte, schloß sie ihre Augen. Daraufhin ereigneten sich drei außergewöhnliche Dinge zur gleichen Zeit. Die Stimme in ihr schrie lauter als zuvor: »Laß mich heraus!«, und ihre eigene Stimme rief: »Ich möchte nicht sterben!«, und der alte Mann reichte über die Pfütze und berührte ihre Stirn, und ihr Kopf fiel wie ein überreifer Apfel platschend in die Pfütze vor ihr.

»Nun bin ich nichts!« schrie die Prinzessin auf, weil sie nur einen starken Wind spürte, wo ihre Ohren sein sollten.

»Nicht im geringsten«, sagte der alte Mann, als er den Kopf der Prinzessin aus dem Wasser hob. »Schau noch einmal hin, und sieh, wer du wirklich bist.«

Sie beugte sich nochmals vor, um in die Pfütze zu sehen, und sie sah nur die Gestalt aus Licht, die sie ebenfalls anstarrte, und ihr Gesicht leuchtete wie die Sonne. »Aber wir sind dann gleich, ihr und ich«, keuchte sie und starrte den alten Mann an.

»Natürlich«, frohlockte er, »denn es steht geschrieben: Er ist es, der in dir wünscht, und Er ist es, der gewünscht wird. Er ist alles, und Er macht alles, wenn du Ihn erkennen kannst.« Und die beiden saßen da, niemand weiß wie lange, vergessen und vertieft und lächelten einander an.

»Was ist das für ein Lärm, den ich höre, mein Vater?« fragte sie. »Er ist lauter als alle anderen Geräusche des Waldes.«

»Es ist der Schrei von allen anderen Gefangenen der Welt, die bitten, erlöst zu werden«, antwortete der alte Mann. »Meine Tochter, du mußt jetzt zu ihnen gehen und ihnen sagen, was sie tun sollen.«

Der König mit den leeren Händen

Es war einmal ein König, der sein ganzes Leben einen riesigen Schatz zusammengeraubt hatte. Als sein Ende herannahte, befahl er seinen Dienern, die ganzen Schätze vor ihm aufzuhäufen.

Seine Augen tranken sich an dem Anblick der vielen Kostbarkeiten satt. Doch dann füllten sie sich unwillkürlich mit Tränen, und dem König kam in den Sinn, wieviel Leid er um dieser Dinge willen verursacht hatte.

Schließlich sagte er zu seinem Hofstaat: »Wenn ich bestattet werde, dann sollen meine Hände aus dem Sarg herausschauen, damit ein jeder sehen kann, daß ein großer König die Welt mit leeren Händen verlassen hat.«

Der Tod der Geliebten

Dem Liebenden wurde die Nachricht überbracht, daß seine Geliebte gestorben sei.

»Nein, das ist unmöglich! Meine Liebe kann nicht sterben. Sie kann nicht sterben!«

»Doch, sie ist gestorben, glaube uns!«

»Dann ist sie nicht meine wahre Geliebte gewesen.«

Die Almosenschale

Ein Liebender stellte sich mit einer Almosenschale zu anderen Bettlern an die Tür seiner Geliebten. Als sie bei ihm ankam, schlug sie ihm die Schale aus der Hand. Sie fiel auf die Straße und zerbrach.

Er lief glücklich fort.

»Wie kannst du dich darüber freuen?« fragten ihn die Freunde.

»Versteht ihr denn nicht? Sie will mir sagen, daß ich die irdene Schale zerbrechen muß, wenn ich etwas von ihr empfangen will.«

Der Hund

Ein Liebender begann, die Pfoten eines Hundes zu küssen. Die Leute fragten: »Was tust du da?«

»Oh, ich sah, wie der Hund in die Straße meiner Geliebten lief.«

Die Lehrzeit

Der König von Buchara ging zu einem Lehrer, um ihm zu dienen. Er tat das geduldig sechs lange Jahre. Die Frau des Lehrers sagte eines Tages zu diesem:

»Er hat uns geduldig gedient – willst du ihm nicht etwas geben?«

Der Lehrer sagte: »Er ist noch nicht bereit. Schütte ihm vom Fenster aus Abfall auf den Kopf und höre, was er sagt.«

Sie tat es.

»Wäre ich in Buchara, ich wüßte, was ich täte!« rief der König.

Einige Jahre später sagte der Lehrer: »Er erhält etwas.«

»Ich sehe keinen Unterschied«, sagte die Frau.

»Schütte ihm den Inhalt des Nachtgeschirrs über den Kopf und höre, was er sagt.«

»O Herr, ich bin noch schlechter als dies!«

Der Schmerz

Der Premierminister stand mit den anderen Ministern vor dem König. Da stach ihn ein Skorpion, der sich in seinem Gewand verborgen hatte. Er hielt aus Achtung vor dem König still. Der Skorpion stach noch einmal und noch einmal zu. Nach der Audienz legte der Premierminister sein prächtiges Gewand ab und ging in die Einsamkeit.

Der König konnte seinen treuen Premierminister nicht entbehren und schickte nach ihm:

»Kehre zurück!«

»Nein, ich diene nun einem Größeren.«

Schließlich kam der König selbst zu der kleinen Hütte des ehemaligen Premierministers: »Ich brauche dich. Mein Reich braucht dich.«

»Ich komme nicht zurück. Der Schmerz, den ich für dich erduldete, war zu groß. Ich erkannte, daß ein solcher Dienst dem wahren Herrn gehört.«

»Du kannst dir wünschen von mir, was dein Herz begehrt!«

»Laß mich nun allein, bitte.«

Die Lebensbeschreibung

Ein Lehrer war das letzte Mal aus dem Körper gegangen. Seine Schüler beauftragten einen der ihren, zur Erinnerung an ihn eine Beschreibung seines Lebens anzufertigen. Nach einigen Monaten fragten sie ihn, wie er vorankomme. »Oh, ich schreibe.«

Nach einem halben Jahr fragten sie ihn erneut, wie weit er sei.

»Ich schreibe und schreibe.«

Einige Zeit verging. Da wurden sie ungeduldig, gingen zu ihm und wollten endlich sehen, was er bis dahin geschrieben habe.

»Brüder, nicht auf Papier – in mein Leben schreibe ich, was ich von ihm weiß.«

Die Zeit danach

Es war einmal ein Land, in dem eine alte Tradition herrschte, die vorschrieb, daß die Untertanen ihren König für eine Amtszeit von fünf Jahren wählten. In dieser Zeit regierte er in allem Glanz und mit unumschränkter Macht. Nach Ablauf der fünf Jahre kamen die Untertanen zusammen und brachten den König in einen nahe gelegenen Wald, der von wilden Tieren – Tigern, Panthern und Giftschlangen – bewohnt war.

Wenn ein König den Thron bestieg, war er überglücklich. Kam dann die Zeit des Scheidens, weinte er bitterlich, weil er wußte, in welch aussichtsloser Lage er sich bald befinden würde. Viele Könige kamen und wurden von demselben Schicksal ereilt.

Einmal aber bestieg ein König den Thron, der durch viele bittere Erfahrungen Weisheit und Voraussicht erworben hatte. Gleich zu Anfang seiner Amtszeit begann er über das Leben nachzudenken, das nach den fünf Jahren kommen würde. In vielen durchwachten Nächten reifte ein Plan in ihm, den er unverzüglich ins Werk setzte. Insgeheim stellte er eine Mannschaft von Arbeitern zusammen, die den Dschungel rodeten und schöne Gebäude und Gärten dort anlegten. In fünf Jahren kann man Wunder wirken.

Als die fünf Jahre um waren, freute sich der König auf das friedvolle und ruhige Leben fern aller Last der Verantwortung, das ihn nun erwartete, und ließ sich von seinen Untertanen dankbar zum Dschungel geleiten. Diese waren erstaunt, daß er nicht wie seine Vorgänger in Angst und Tränen schied und fragten ihn nach dem Grund. Der König antwortete, daß er beizeiten die notwendigen Vorbereitungen für seinen Aufenthalt im Dschungel getroffen habe und das Leben dort daher nicht fürchten müsse. Es stelle im Gegenteil die Erfüllung seines Lebens dar.

Das vollkommene Gemälde

Einmal kamen fremde Künstler in ein Land und baten den dort herrschenden König, ihm ihre Kunst zeigen zu dürfen. Dieser willigte ein und stellte ihnen einen Saal zur Verfügung, in dem sie eine Wand bemalen könnten. Als dies die im Lande ansässigen Künstler hörten, gingen sie zum König und baten ihn, ihm zeigen zu dürfen, daß auch sie ein Kunstwerk schaffen können. Er ließ daher den Saal mit einem Vorhang in der Mitte teilen, und die Künstler machten sich an die Arbeit.

Ab und zu schaute der König vorbei und sah, daß die Fremden eifrig arbeiteten, wohingegen die eigenen Künstler nicht viel zu machen schienen.

Eines Tages waren die Fremden fertig und luden den König zur Besichtigung ihres Werkes ein. Auch die anderen erklärten sich für fertig, und der König kam, um das Ergebnis zu besichtigen. Der Vorhang wurde entfernt – und zur großen Verwunderung des Königs befand sich das gleiche großartige Gemälde auf beiden Wänden. Ja, das seiner eigenen Künstler war sogar noch etwas vollkommener – ohne jede Spur des Pinsels.

Er fragte sie: »Wie habt ihr das gemacht – ich habe euch doch gar nicht soviel arbeiten sehen?«

Sie antworteten: »O König, wir haben diese Wand so lange poliert, bis sie ein vollkommener Spiegel wurde.«

Das Löwenjunge

Einmal fand ein Schäfer ein verlassenes Löwenjunges. Er zog es zusammen mit seinen Schafen auf. Das Löwenjunge weidete mit ihnen das Gras und gab ein schwaches Blöken von sich, wie es das den ganzen Tag hörte.

Eines Tages kam ein Löwe bei der Herde vorbei und sah das Löwenjunge und ahnte, was geschehen war. Er nahm es mit an einen stillen See und ließ es hineinsehen. Da sah das Löwenjunge, daß es genauso aussah wie der Löwe. Dieser stieß dann ein lautes Gebrüll aus, und das Junge tat es ihm nach, da es erkannt hatte, wer es war. Seine früheren Genossen und der Schäfer ergriffen daraufhin die Flucht, und das Löwenjunge lebte fortan als König des Dschungels frei und ungebunden.

Letzte Weisheit

Einmal bat ein Schullehrer einen Lehrer, seinen Schülern etwas aus seinem reichen Schatz zu sagen. Der Lehrer trat vor die Schüler hin und sagte: »Kinder, liebet einander.« Dann setzte er sich.

Nach einer Weile stand er wieder auf und sagte: »Kinder, liebet einander.« Dann setzte er sich wieder.

Schließlich erhob er sich ein drittes Mal: »Kinder, liebet einander.«

Dann schwieg er.

Der Schullehrer fragte ihn, ob er ihnen noch etwas sagen könne. Er antwortete: »Das ist alles, was ich weiß.«

Bring dein Haus in Ordnung

Ein Stück Wegs den Berg hinan lag der Pilger ausgestreckt im Geröll. Zitternd, erbarmungswürdig, unfähig weiterzugehen, war er zu erschöpft, um auch nur sein Gesicht im Staub zu bewegen. Er lag da und versuchte aus Leibeskräften, die Schatten vor seinen Augen zu verjagen, die seinen Sturz verursacht hatten. Doch die Schatten schwanden nicht. Sie hafteten an seinen Augen, in dem Raum hinter seinen Augen; sie hielten ihn fest. Endlich stöhnte der Pilger auf und weinte laut: »O Herr, was soll aus mir werden? Ich bin in Bedrängnis – ich kann mich nicht bewegen!«

Plötzlich war eine große Ruhe um ihn und eine große Wärme. Etwas berührte seine ausgestreckte Hand. Der Pilger raffte sich langsam auf und sah nach oben, indem er angestrengt durch den unaufhörlichen Strom der Schatten um seinen Kopf blinzelte. Sein Herr stand vor ihm, ein Mensch wie jeder andere – bis auf die große Stille und die Wärme, die ihn umgab. Auf seinem Gesicht lag ein Ausdruck solch tiefen Verstehens und solcher Barmherzigkeit, daß der Pilger aufs neue weinte, als er es sah.

»Ich habe so sehr gewünscht, zu euch zu kommen«, schluchzte er. »Ich bin so tapfer aufgebrochen, mit solcher Sehnsucht . . .«

»Was ist mit deinem Haus?« fragte der Herr.

»Oh, dieser Ort! Ich habe es vor langer Zeit verlassen.« Den Pilger schauderte bei der Erinnerung daran. »Es war zu dunkel und trübe und kalt.«

Der Ausdruck von Barmherzigkeit auf des Herrn Gesicht vertiefte sich. »Lieber Freund«, murmelte er, »offenbar hat es dich nicht verlassen. Die Dinge dort ruhen nicht oder du wärest jetzt nicht von Schatten bedrängt. Du mußt dein Haus in Ordnung bringen, bevor du zu mir kommen kannst.«

»O nein!« klagte der Pilger. »Ich will nicht den ganzen Weg zurück nach dort unten gehen! Es liegt jetzt so weit hinter mir – und – es gibt dort Räume, die ich nie betreten habe ... Bitte helft mir, fortzuschreiten auf meinem Weg den Berg hinauf; schickt mich nicht zurück nach dort unten!«

»Geliebter Freund, es gibt keinen anderen Weg«, erwiderte der Herr. »Dein Haus muß in Ordnung sein, vollkommen in Ordnung, bevor du zu mir kommen kannst. Sieh, was für ein armseliges Ich du zu mir bringst – ein schwaches und furchtsames Geschöpf, das über Schatten stolpert! Heißt es nicht, du sollst lieben deinen Herrn mit deinem *ganzen* Herzen, deiner *ganzen* Seele, deinem *ganzen* Gemüt und mit *all* deiner Kraft? Komm zu mir in Fülle – nicht in Furcht! Geh und öffne alle diese Türen, eine nach der anderen; erfülle den Ort mit Licht; kehr jede Ecke aus, bis es nirgendwo Dunkelheit gibt. Wenn das Werk getan ist, will ich selbst kommen und dich holen.«

Der Pilger weinte, lehnte sich auf, bat und rang die Hände – ohne Erfolg. Die Worte seines Herrn waren hart, die allerletzten Worte, die er hatte hören wollen. Doch anstatt sich erweichen zu lassen, wurde die Gestalt vor ihm streng und gebot ihm: »Ich sage dir, bringe dein Haus in Ordnung oder begib dich nicht auf die Reise zu mir.« Und mit diesen letzten Worten war er gegangen.

Zähneklappernd und an allen Gliedern zitternd, doch brennendes Feuer im Herzen, bahnte sich der Pilger langsam seinen Weg den Berg hinab. Die Luft um ihn wurde immer undurchdringlicher vor Schatten, bis er merkte, daß er ununterbrochen mit den Armen ruderte, um überhaupt noch etwas sehen zu können, während er seine Schritte heimwärts wandte.

Müde zog er den Schlüssel aus seinem Versteck in einem alten Blumentopf, schloß die Vordertür auf, trat ein und setzte sich. Erneut rollten Tränen, als er sich zwischen dem Staub, den Spinnweben und dem kalten Herd umsah. Doch »Siehe! Ich bin mit dir alle Tage!« sang es zu ihm plötzlich aus dem Feuer in seinem Herzen, und der Pilger wußte, wenn er es im Moment auch haßte, hier zu sein, daß er an den rechten Ort gekommen war und daß irgendwie alles in Ordnung kommen würde.

Es bedurfte vieler Monate für den Pilger, auch nur die oberflächlichste Putzarbeit zu erledigen. Er hatte immer gemeint, einen gepflegten Haushalt zu führen, doch genauere Untersuchung deckte viele Mißstände auf, die er früher nie bemerkt hatte.

Es dauerte nahezu ein Jahr, bis der Pilger genug Mut bekommen hatte, um vor der ersten der vier ungeöffneten Türen zu stehen, nun in dem Wissen, daß er stark genug war, sie zu öffnen, den Raum zu betreten und allem, was ihn auch dort erwartete, ins Gesicht zu sehen und es zu bezwingen, nein, sich sogar damit anzufreunden.

Schatten scharten sich um ihn zusammen, vor seinen Augen, im Raum hinter seinen Augen, und plötzlich war er von Furcht überwältigt, er zitterte und bebte, und aus der Tiefe seines Herzens kam der Schrei: »Ich fürchte mich! Oh, ich fürchte mich so sehr!« Und mit der Kraft dieses Schreis öffnete er die Tür und stürmte hinein. Augenblicklich verschwanden all die Schatten, und zu seiner Verwunderung sah er eine schemenhafte Gestalt, die ihm selbst sehr ähnlich war, in der Mitte eines trostlosen leeren Raumes kauern und zittern und schluchzen. Des Pilgers Herz flog dem armen Geschöpf entgegen. »Komm«, sagte er, »heute abend sollst du bei mir zu Gast sein.« Und er nahm es bei der Hand und führte es zurück durch den Korridor in das Hauptgemach des Hauses, wo vor einem brennenden Feuer eine große Tafel gedeckt war.

Dann ging er zurück in den ersten Raum, öffnete alle Fenster, entzündete alle Lampen und wusch und putzte und kehrte, bis da nicht mehr der Schatten eines Schattens der Furcht war, die darin so lange gelebt hatte.

Der Pilger lebte mit der Furcht einige Zeit zusammen, und sie wurden enge Freunde, bis es nichts mehr gab, was der Pilger über die Furcht nicht wußte. Doch merkwürdigerweise wurde die Schattengestalt, je länger ihre Freundschaft dauerte, immer undeutlicher, bis eines Tages, in dem strahlenden Sonnenlicht, das durch das große Oberlicht in der mittleren Kammer kam, die Furcht überhaupt nicht mehr da war. Und der Pilger schob den Unterkiefer vor und wandte seine Aufmerksamkeit und seine Schritte zur nächsten Tür.

Er stand vor ihr im Wissen, daß er nun stark genug war, sie zu öffnen, den Raum zu betreten und allem, was ihn auch dort erwarten mochte, ins Gesicht zu sehen und es zu bezwingen, ja, sich sogar damit anzufreunden. Doch wieder zogen sich Schatten um ihn zusammen, vor seinen Augen, im Raum hinter seinen Augen, und plötzlich war er von Schmerzen erfüllt; jeder Muskel, jeder Nerv, jedes Organ in seinem Körper schrie: »Ich bin verletzt! Oh, ich bin verletzt!« Und mit der Kraft dieses Schreis öffnete er die Tür und stürzte hinein. Im Handumdrehen verschwanden alle Schatten. Zu seinem Erstaunen fand er eine schemenhafte Gestalt, ihm außerordentlich ähnlich, die sich auf dem nackten Boden zusammenkrümmte und wand. Sie hielt sich den Magen, als ob sie einen Speer oder einen Pfeil darin hätte, den sie verzweifelt herauszuziehen suchte. »O du armes Ding«, brachte der Pilger hervor, »komm mit mir heraus und laß mich versuchen, dir zu helfen.« Er legte seine Arme freundlich um das Geschöpf und führte es in das Licht und die Wärme der großen mittleren Kammer, in der er den größten Teil seiner Zeit verbrachte.

Dann ging der Pilger zurück in den zweiten Raum, öffnete alle Fenster, entzündete alle Lampen und fegte und wischte und polierte, bis da nicht mehr der Schatten eines Schattens des Schmerzes war, der darin so lange gelebt hatte.

Der Schmerz und der Pilger verbrachten viel Zeit zusammen. Auch sie wurden enge Freunde, bis es in dieser Welt keine Sorge und keine Pein mehr gab, die der Pilger nicht kannte. Doch merkwürdigerweise wurde die Schattengestalt, je länger ihre Freundschaft dauerte, immer undeutlicher, bis eines Tages, als das Abendlicht durch das funkelnde Fenster auf der Westseite der Feuerstelle schien, der Schmerz überhaupt nicht mehr da war. Und der Pilger nahm einen tiefen Atemzug und ging seinen Weg weiter zur dritten Tür.

Dieses Mal überfielen ihn die Schatten im Korridor und wüteten um seinen Kopf, bis er fast den Mut verlor, meinte, verrückt zu werden, und sich zur Flucht in die warme Vertrautheit der mittleren Kammer wandte. Doch »Halt!« sang die Stimme in den Tiefen seines brennenden Herzens, »hast du vergessen, daß ich immer bei dir bin? Wer, denkst du denn, Geliebter, tut wirklich diese ganze Arbeit?« Beschämt, doch auch ermutigt, wandte der Pilger fest entschlossen seine Schritte wieder zur dritten Tür. Die Hitze war überwältigend, und sie war überhaupt nicht wie die Wärme des Herrn. Es war ein rot-heißer Feuerstoß, eine leidenschaftliche Wut, die ihn einhüllte, als er dort stand. Aus seinen Fingerspitzen, seinen Zehen, seinen Gedärmen, aus seinem ganzen Sein fühlte er die Gewalt emporkochen, und indem er seine Kehle in wildem Zorngebrüll öffnete, stieß er die Tür auf und schritt hinein. Die Hitze hörte ganz plötzlich auf. Die schemenhafte, löwenartige Gestalt, die ganz wie er aussah und wutschnaubend in dem trübe erhellten Raum auf und ab stampfte, überraschte den Pilger nicht. »Komm mit«, sagte er tapfer und nahm das Geschöpf fest beim Arm. »Du und ich werden über vieles sprechen müssen!«

Es nahm mehr Zeit in Anspruch als bei Furcht und Schmerz, doch zu gegebener Zeit schloß der Pilger auch mit dem Zorn Freundschaft. Und zuletzt verschwand die Schattengestalt, die des Pilgers Zorn war, auf die gleiche Weise wie Furcht und Schmerz.

So war nur noch eine ungeöffnete Tür zurückgeblieben, doch es dauerte viele Jahre, bis sich der Pilger dazu bringen konnte, ihr gegenüberzutreten. Eines Tages dachte er an seinen Herrn und erinnerte sich daran, daß er gesagt hatte, das Haus müsse vollkommen in Ordnung sein, bevor – bevor sich irgend etwas wirklich Gutes ereignen könne; und weil das Feuer in seinem Herzen an diesem Tage ganz besonders hell brannte, stellte er fest, daß sich seine Schultern strafften für diesen letzten, schwersten Kampf.

Die Schatten waren diesmal mehr als Schatten, die an seinen Augen hafteten, an dem Raum hinter seinen Augen: es waren Formen, sich bewegende, ineinander verschlungene Formen, wie Tempelreliefs, wie alte Fresken und Malereien, wie Wörter aus Büchern, die auf einmal Körper hatten; und er fühlte seine Haut prickeln und heiß werden, und sein übriger Körper pulsierte vor reizvollen, erregenden Empfindungen. »Oh«, stöhnte er, »ich will es, ich brauche es, ich liebe es!«, und er warf sich in den Raum. Eine Schattenfigur, halb männlich, halb weiblich, öffnete ihm die Arme von einem enormen Bett aus. »Ja«, sagte er und starrte die Gestalt mit unendlichem Mitleid an, »ganz zuletzt werden auch wir beide Freunde werden.« Er zog das sinnliche Geschöpf fort von den Schatten und in das Licht der großen mittleren Kammer.

Niemand weiß, wie lange des Pilgers Freundschaft mit der physischen Begierde dauerte; doch es ist gewiß, daß er alles lernte, was er lernen mußte. Und als das Schattengeschöpf, welches des Pilgers eigene Sinnlichkeit war, sich zuletzt in der klaren Luft auflöste wie die anderen vor ihm und es im Haus nirgendwo mehr Dunkelheit gab, war der Pilger ruhig und dachte, seine Aufgabe sei erfüllt.

Es war nicht so. Eines Nachts lag der Pilger vor dem Herd, und in einem Traum sah er eine kleine Tür sich öffnen und eine lange knochige Hand umhertasten, um nach seiner Hand zu greifen. In diesem Traum hatte der Pilger versucht, die Tür zu schließen, doch es war kein Schloß daran gewesen, und die knochige Hand hatte wieder nach ihm gegriffen.

Der Pilger erwachte in kaltem Schweiß gebadet und mit pochendem Herzen. »Das war der Tod«, sagte er zu sich selbst. »Was bin ich doch für ein Dummkopf, ich habe mir den Tod noch nicht zum Freund gemacht!« Und ohne auch nur einen Moment zu zögern, kletterte er hinauf in eine alte vergessene Mansarde an einem Ende des Hauses und öffnete die fünfte, die allerletzte Tür . . .

Doch anstatt knochiger Finger und der Dumpfheit des Grabes war da eine vertraute Ruhe und ein singendes Licht. »Ich bin es, Geliebter«, sagte der Herr. »Ich versprach, zu dir zu kommen, wenn dein Haus vollkommen in Ordnung ist, und das habe ich getan.«

Mit strahlendem Gesicht voll des Verstehens, sein Herz erfüllt von Liebe und Vertrauen, ging der Pilger zurück den Berg hinauf in der Gemeinschaft seines Herrn.

Das Töpfern

Der Meistertöpfer formt auf der Töpferscheibe ein Gefäß. Er drückt von außen und hält von innen dagegen. Je kräftiger er das tut, desto dünner wird die Wandung. Sie folgt seinen feinsten Formvorstellungen. Bei geringstem Verbrauch von Materie wird das fertige Gefäß viel fassen und durch seine edle Leichtigkeit erfreuen.

Zuletzt wird es noch gebrannt.

Dann erst wird es verkauft und nützlich sein.

Ein Räuber versteht

Es war einmal ein berüchtigter Räuber, der die Leute ausplünderte und von der Beute lebte. Eines Tages geriet er an einen Heiligen. Dieser sagte zu ihm: »Was du tust, ist nicht gut. Dein Gemüt läßt dich so handeln, aber sage mir ehrlich: Ist das gut?«

Der Räuber stimmte zu, daß es sehr schlecht sei, aber als der Heilige ihn fragte, warum er damit fortfahre, erwiderte er: »Es ist mein Lebensunterhalt – ich habe Frau und Kinder zu ernähren.« Der Heilige sagte: »Gut, du weißt, daß du Sünden begehst, aber geh und frage deine Frau und deine Familie, ob sie die Verantwortung für jene Sünden mit dir teilen werden.«

Der Räuber lachte und beschuldigte den Heiligen der Absicht, davonlaufen zu wollen, aber der Heilige sagte: »Du kannst mich an diesen Baum binden, aber du solltest nach Hause gehen und die Antwort auf diese Frage hören.«

Der Räuber hatte inzwischen großes Interesse an der Sache gewonnen und stimmte zu. Als er zu Hause angekommen war, erklärte er seiner Frau und seinen Kindern die Situation – in vollem Vertrauen auf ihre Liebe und Unterstützung. Aber sie sagten alle: »Warum sollten wir an deinen Sünden Anteil haben? Wir wollen von dir ernährt werden und kümmern uns nicht darum, woher und auf welche Weise du etwas bekommst – das ist deine Sache. Wie können wir die Verantwortung für das, was du tust, mit dir teilen?«

Zutiefst erschüttert ging der Räuber zu dem Heiligen zurück und bat ihn um Vergebung. Er wurde später ein großer Heiliger.

Unter Wasser

Der Körper ist ein schwerer Taucheranzug, in dem wir uns befinden, um in diesem lebensfeindlichen Medium, der stofflichen Welt, zu überleben. Wir stolpern ungelenk herum, angstschweißgebadet ständig alle Systeme überprüfend, pechschwarze Dunkelheit um uns, nur erhellt durch den scharfen, engen Lichtkegel unserer Helmlampe.

Manchmal taucht etwas Bizarres vor uns auf und verschwindet wieder – erneut gähnt das schwarze Loch. Andere winken schwerfällig in ihren Anzügen und machen Zeichen, die unverständlich bleiben. Jede Nähe zu ihnen erschöpft sich in groteskem Reiben der Anzüge aneinander. Wir hantieren mit irgendwelchen Werkzeugen an Dingen herum, die unseren Weg kreuzen. Verzweifelt versuchen wir, die Löcher zu dichten, die den Anzug zunehmend unbrauchbar machen. Am Schluß ringen wir auf dem Rücken liegend nach Luft. Bis auch das vorbei ist.

Der Gärtner

Einmal ging ein Schüler zu seinem Lehrer, der ein Gärtner war und gerade junge Pflanzen umsetzte, und fragte ihn: »Wie kann ich Gott finden?« Der Lehrer unterbrach seine Arbeit nicht und antwortete: »Ganz einfach! Indem du deine Aufmerksamkeit wie diese Pflanzen an diesem Ort, der Welt, ausgräbst und an jenem anderen, in Gott, wieder einsetzt.«

Der Stein der Weisen

Zu einem armen Mann kam einmal ein Heiliger. »Kannst du mir nicht helfen, o heiliger Mann? Ich sterbe vor Hunger«, flehte er diesen an. Mitleidig gab ihm der Heilige einen Stein der Weisen, mit dem man aus einfachen Metallen Gold machen kann: »Hier, nimm diesen Stein und mache mit ihm soviel Gold, wie du willst. Nach drei Monaten werde ich wiederkommen und ihn zurücknehmen.«

Der arme Mann ging auf den Markt und fragte nach dem Preis von einfachem Metall und erfuhr, daß der Preis dafür gerade um ein Drittel gestiegen sei. Da sagte er sich: »Es wäre sehr unklug, zu diesem hohen Preis etwas von dem Metall zu kaufen. Ich warte lieber eine Weile, bis er wieder gefallen ist.«

Aber beim nächsten Mal erfuhr er, daß der Preis weiter gestiegen sei, und wieder überlegte er, daß es besser sei, noch abzuwarten, bis der Preis wieder falle.

Im dritten Monat war der Preis auf das Dreifache gestiegen, und er sagte sich: »Das ist ja unglaublich – jetzt muß er einfach fallen!« Doch die Zeit war vorüber – der Heilige kam und nahm den Stein der Weisen zurück.

Der arme Mann blieb so arm wie zuvor.

Das Gesetz der Anziehung

Ein Lehrer war einmal zu Pferde unterwegs. Am Rande einer Stadt begann sein Pferd plötzlich eine bestimmte Richtung einzuschlagen und ließ sich auch nicht von den Versuchen des Lehrers, wieder in die ursprüngliche Richtung zu reiten, davon abbringen. Schließlich ließ er ihm seinen Willen.

Der Weg des Pferdes führte tief in die Wüste hinein; nach einer Weile gelangten sie zu einigen Bäumen in der Wüste, wo sie einen einsamen Mann unter einem der Bäume stehen sahen. Dort hielt das Pferd an. Der Lehrer stieg ab und fragte den Mann, was er hier in der Einsamkeit suche. »Ich habe lange nach der Wahrheit gesucht und mich hierher zurückgezogen – nun weiß ich nicht mehr weiter und will meinem Leben ein Ende setzen.« Der Lehrer half ihm dann, die Wahrheit zu sehen.

Als er sich verabschiedete, sagte er zu dem Mann: »Wenn du einmal wieder Hilfe brauchst, dann kannst du mich in dem Ort Soundso finden.« Er wollte ihm beschreiben, wo das war. Aber der Mann sagte: »Das ist nicht nötig – wenn ich dich brauche, wirst du den Weg wieder zu mir finden wie dieses Mal.«

Der Gebildete und der Ungebildete

Ein Lehrer sagt zu einem Gebildeten und einem Ungebildeten, daß sie Licht sehen werden, wenn sie eine Treppe hinaufgehen. Der Ungebildete geht einfach hoch, während der Gebildete fragt: »Wie viele Stufen?« – »Einhundert.« Er steigt zehn hinauf: »Welchen Beweis finde ich dort?«

So fährt der Lehrer fort, Schriften vorzulesen und Geschichten zu erzählen. Der Gebildete geht weiter: »Und wenn ich ausrutsche?«

Der Ungebildete ist oben.

Der doppelte Preis

Ein gebildeter und ein einfacher Mann wollten sich von einem Lehrer unterweisen lassen.

»Du mußt doppelt soviel bezahlen«, sagte der Lehrer zu dem gebildeten Mann.

»Warum?«

»Ich muß dich erst dazu bringen, alles zu verlernen.«

Das Pferd

Ein Lehrer sagte: »Wer mir ein Stück aus einem heiligen Buch vorliest, ohne an etwas anderes zu denken, dem werde ich ein großes Geschenk machen.«

Ein Mann stand auf und begann.

Gegen Ende dachte er: »Was mir der Lehrer wohl schenken wird? Vielleicht das kostbare Pferd, das er gestern erhielt.«

Als er geendet hatte, sagte der Lehrer: »Weißt du, was ich dir gegeben hätte? Meinen eigenen Sitz!«

Er bekam das Pferd.

Der Rat des alten Diebes

Der alte Dieb lag im Sterben. Er rief seinen Sohn, der dasselbe Handwerk erlernt hatte, und sagte zu ihm: »Dies ist der Rat, den ich dir auf deinen Lebensweg gebe: Gehe niemals in eine Gemeinschaft, wo ein Heiliger spricht.« Und damit starb er.

Der Sohn übte nun sein Handwerk aus. Einmal war ihm die Polizei dicht auf den Fersen, und in seiner Not lief er schnell in einen offenen Hofeingang, wo viele Menschen einem Heiligen zuhörten. Er lief schnell zu einem anderen Ausgang wieder hinaus und war gerettet. Beim Hindurchlaufen drang nur ein Satz an sein Ohr: »Engel haben keinen Schatten.« Er vergaß ihn sogleich wieder.

Die Polizei machte ihn jedoch ausfindig und warf ihn ins Gefängnis. Er leugnete jedoch. Da erbot sich die Frau des Aufsehers, den verstockten Gefangenen zum Reden zu bringen, indem sie sich als Engel verkleidete und ihn aufforderte zu gestehen, denn man weiß, daß Diebe an viele Götter glauben.

In der Nacht führte sie ihren Plan durch, und der Dieb wollte schon gestehen, als er sah, daß der Engel einen Schatten warf. Da fiel ihm dieser Satz wieder ein und er wußte, daß er ein Mensch war und bat ihn, daß er ihm helfe, da er unschuldig sei. Die Frau berichtete am nächsten Morgen, daß der Mann unschuldig sein müsse, und er wurde freigelassen. Er dachte nach und veränderte sein Leben.

Gedanken sind sehr mächtig

Einmal sagte der Minister zum König: »Gedanken sind sehr mächtig.«

»Zeig mir das«, sagte der König.

Einige Zeit später gingen sie vor den Palast, und der Minister sagte: »Dort hinten seht ihr einen Mann herankommen. Denkt euch irgend etwas zu diesem Mann.«

Der König dachte: »Er soll erschossen werden.«

Als der Mann herangekommen war, sagte der Minister zum König: »Und nun fragt ihn, was er bei eurem Anblick gedacht hat.«

Der König fragte den Mann, und dieser gab zur Antwort: »Verzeiht mir Herr, aber ich dachte, ich sollte euch den Schädel einschlagen!«

Der gehorsame Diener

Es war einmal ein König, der einen Diener hatte, den er sehr liebte. Eines Tages kamen seine Minister zu ihm und sagten: »O König, du liebst deinen Diener mehr als uns. Das ist nicht richtig!«

Der König antwortete: »Mein Diener sieht mich als König. Ihr tut das nicht.« Die Minister wollten das nicht zugeben.

Einige Zeit später, bei einer Versammlung, befahl der König, einen überaus kostbaren Kelch, ein Weltwunder, zu holen. Dann sagte er zu seinen Ministern: »Zerbrecht ihn!« Einer nach dem anderen entschuldigte sich wortreich und sehr höflich: »Das ist doch ein so schöner Kelch! Die Krone deiner Schatzkammer! Muß das wirklich sein?«

Daraufhin rief der König seinen Diener. »Zerbrich ihn!« Ohne Zögern zerbrach der Diener den Kelch.

»Hast du nicht gewußt, wie kostbar dieser Kelch war?«

»O König, das ist nichts im Vergleich zu deinem Befehl.«

Der Schüler des Bogenschützen

Es lebte einmal ein Meister des Bogenschießens, dessen besondere Kunst darin bestand, daß er einem Hirsch, einem der flüchtigsten Tiere, in vollem Lauf mit einem Pfeil die Lippen seines Maules verschließen konnte. Zu diesem Lehrer kam eines Tages ein Junge, dessen sehnlichster Wunsch es war, ein ebensolcher Meister im Bogenschießen zu werden. Doch er war niedrigen Standes und arm, und der Lehrer wollte ihn daher nicht als seinen Schüler annehmen.

Doch der Junge hatte seinen Lehrer gesehen! Er ging in seine Hütte und formte aus der Erinnerung eine kleine Lehmgestalt, die nun für ihn der Lehrer war. Er übte Tag und Nacht und besprach mit der Lehmgestalt seine Fehler und Fortschritte und legte ihr alles zu Füßen.

Nach einem Jahr befand sich der Lehrer auf der Jagd, als er einen Hirsch vorbeilaufen sah, der sein Maul mit einem Pfeil verschlossen hatte.

»Das ist ja seltsam«, dachte er, »niemand außer mir beherrscht diese Kunst, und Schüler habe ich auch keine angenommen.«

Er suchte nach dem Schützen und fand den Jungen, den er damals abgelehnt hatte.

»Wer ist dein Lehrer?«

»Ihr seid mein Lehrer«, antwortete der Junge.

»Ich habe dich niemals als Schüler angenommen!«

Da erzählte ihm der Junge die Geschichte, und der Lehrer ließ ihn zu sich kommen.

Der Prophet und der Hirtenknabe

Einmal ging ein Prophet an einer Schafherde vorüber und hörte, wie der Hirtenknabe sagte: »O Gott, wenn du einmal krank bist, dann will ich dich pflegen. Ich werde dir Milch und Käse bringen und Spinat, ich werde dir die Läuse aus den Haaren lesen und dich mit meinen Fellen warmhalten . . .« So sprach er eine ganze Weile weiter.

Der Prophet wurde zornig, als er das hörte, und schrie den Hirtenknaben an: »Wie kannst du Gott nur so beleidigen! Glaubst du, er kann krank werden? Und er wird deinen Spinat essen?«

Der Hirtenknabe fiel auf die Knie und bat um Verzeihung und weinte bitterlich, weil er Gott gelästert habe.

In der folgenden Nacht kam der Herr zu dem Propheten und sagte streng: »Ich habe dich gesandt, damit du mir die Herzen der Menschen zuwendest, und nicht, damit du sie wegziehst von mir. Der Knabe wollte mir alles geben, was seine Welt ist. Ich bin sehr unzufrieden mit dir! Geh zu ihm und bitte ihn um Vergebung.«

Am nächsten Tag ging der Prophet zu dem Hirtenknaben und sagte: »Der Herr ist sehr zufrieden mit dir. Ich hatte unrecht. Vergib mir, ich wollte dir nicht weh tun.«

Der Junge lächelte: »Es ist gut, daß du mich gerügt hast, denn danach erschien mir der Herr und gab mir, was ich nicht beschreiben kann!«

Adam und Eva

Nachdem Adam das Ende seiner Irrtümer und Leiden erreicht hatte, fand er nach der Stelle zurück, wo einst der Garten Eden geblüht. Eine unkrautüberwucherte Wildnis bot sich seinem Blick, aber in der Mitte erhoben sich wie vor Zeiten der Baum der Erkenntnis und der Baum des Lebens. Adam, von den Schwielen der Arbeit bedeckt, von den Striemen des Leids verwundet, von den Runzeln des Denkens entstellt, hatte als Begleiter einen weißgewandeten Mann mit hellem Bart und Haupthaar, milden blauen Augen und edeln vergeistigten Händen. Vor deren stillem Wink wich der Cherub mit dem Schwert zurück und machte Adam Platz. Mit teilnehmendem Blick nahm der Begleiter Adams Worte auf, der ihn, einige Schritte von den Bäumen entfernt, selber schweren Herzens verabschiedete.

»Ich danke dir, Lieber, daß du mich hast erlösen wollen, indem du für mich dein Blut gabest. Wohl hast du mir lange Zeit in meinen Qualen Trost gewährt durch die Versicherung, daß Gott nicht Gott des Zornes, sondern der Gnade ist. Wenn ich meine Fehler selber erkenne und bereue, so versicherst du, wird er mit mir nicht allzu strenge ins Gericht gehen. Oh, ich erkenne und bereue meine Fehler nur zu gut, aber was hilft mir Gottes Verzeihung? Ich bleibe doch das erbärmliche Wesen, das ich bin, wenn auch von Gottes Liebe durch deinen Fürspruch geduldet. Ich weiß, Gott wird es mit mir nicht zu genau nehmen; wie aber, wenn ich es nun selber mit mir endlich einmal genau nähme? Darum bin ich an diese Stelle zurückgekehrt, wo ich zum erstenmal leichtfertig gewesen bin. Gott hatte verboten, von dem Baum der Erkenntnis zu essen. Mir verschlug es nichts. Es waren so viele andere fruchtreiche

Bäume da, auf den einen konnte ich wohl verzichten. Aber das Weib war klüger als ich. Sie merkte bald, daß gerade die Frucht des verbotenen Baumes das Geheimnis der Welt verlieh, ohne dessen Wissen wir nicht viel mehr als Tiere oder Kinder sind. Sie redete mit der Schlange und brachte mir die Frucht. Ich Narr aber aß, ohne selbst mit der Schlange gesprochen zu haben. Nun wurden freilich unsere Augen aufgetan, und wir wußten, was gut und böse ist. Damit aber begann auch unser Leid, dessen du dich schließlich voll Erbarmen angenommen hast. Waren wir bisher wie Tiere oder Kinder gewesen, so hatten wir uns doch glücklich in unserer Unwissenheit gefühlt. Wir taten, was uns beliebte, und Gott war es zufrieden. Als wir aber wider Gottes Willen erfuhren, was gut und böse ist, da gewahrten wir auch, daß Gut und Böse in uns selber zu gleichen Teilen liegen. Um nun Gott mit unserem Verbrechen zu versöhnen, hätten wir wissend das Gute tun, das Böse lassen müssen. So sagte Moses, den er uns sandte. Aber wie konnten wir denn dessen gutes Gesetz erfüllen, waren wir doch selber zur Hälfte böse? Sollten wir nur mit der guten Hälfte leben? Wir haben es versucht, aber die andere Hälfte ließ ihrer nicht spotten. Immer wieder brach sie hervor. Liebten wir das Gute, so schlich sich zugleich der Haß ein in unsere Seelen, indem er sich gegen die wandte, die wir für die Feinde des Guten hielten. Grausam entlud sich oft unser Zorn gegen sie. Und war es wirklich immer das Gute, das wir gegen sie verfochten? War das Gute nicht nur zu oft unsere allerpersönlichste Sache geworden und so verquickt mit unserer Eigenliebe, Eitelkeit und Hoffnung auf Lohn, daß es ganz und gar durchdrungen von unserer bösen Hälfte wurde? Oft genug stürzten wir uns lieber gleich ins Böse, alle Guten in verstocktem Zorn hassend; aber siehe da, nun brach heimlich das Gute in uns hervor in der Liebe zu den Gesellen unserer Sünden, zu den Weibern, die wir uns anfangs nur aus Gier willens gemacht hatten, vielleicht nur zu einem Hund, der uns auf dem Weg des Verbrechens begleitete; und so böse einer war, niemals wollte er, daß auch seine Kinder so würden wie er. So haben wir uns durch die Jahrtausende geschleppt, wissend, was gut und böse ist, aber unfähig, uns für das eine oder das andere zu entschließen. Da erbarmte sich Gott. Er erkannte, daß wir nicht fähig waren, das Gesetz Moses zu erfüllen, und sandte dich, seinen eingeborenen Sohn, mit der neuen Botschaft, daß der Glaube an ihn und der daraus erfließende ehrliche Wille zur Erfüllung des Gesetzes genüge, und, was unseren Werken an eigener Vollendung fehlte, uns zugemessen würde aus der Fülle deiner Vollkommenheit. So haben wir nun wieder Jahrtausende gelebt. Wir sind trauriger, aber nicht vollkommener geworden. Wir sind für das Gute entschieden, können aber das Böse trotzdem nicht lassen. Jedes einzelne Leben ist ein Mißglücken, kann von vornherein gar nicht gelingen, aber am traurigen Ende wird uns dann gnädig verziehen. Nein, das ist nicht länger zu ertragen. Wozu immer wieder von neuem diese sinnlose Qual durchmachen? Der Fehler muß am Anfang liegen. Zu ihm will ich zurück und neu beginnen, nachdem ich selber mit der Schlange gesprochen habe.«

Schweigend, ohne Tadel und ohne Billigung, verschwand Adams Begleiter über den Feldern; Adam aber wandte sich zu dem abendlich dämmernden Baum der Erkenntnis. In seinen Zweigen raschelte es wie vor Jahrtausenden, die klugen Augen der Schlange blitzten hervor.

»Ei Adam«, rief sie aus, »hast du endlich den Weg zu mir zurückgefunden? Lange fürwahr hast du dir Zeit genommen. Welche Werke hast du doch inzwischen ausgeführt! Die ganze Natur hast du dir dienstbar gemacht! Bis zu ihren letzten Gründen wolltest du Wissensdurstiger vordringen, nichts mehr glauben, was du nicht selber gesehen, selber betastet; und doch ist alles umsonst gewesen, solange dir nicht einfiel, woran du zuerst hättest denken müssen, daß all dein stolzes Leben auf einem Hörensagen von deinem Weibe beruht. Eva fühlte sofort, wo sie sich Rats holen sollte, aber ihr Geist ist leichtfertig und begnügt sich mit der Oberfläche der Dinge und dem Ungefähr des Sinnes. Immerhin hat sie mit mir gesprochen und du nicht. Dadurch blieb sie dir durch die Jahrhunderte ein Geheimnis, bald ein himmlisches, bald ein höllisches. So stolz du warst in deinem Tun und Denken, so sehr du sie oft knechtetest und verachtetest, weil sie dir in Tat und Gedanken nicht gewachsen war, unweigerlich kehrtest du zu ihr zurück, fielst vor ihr nieder und verlangtest von ihr Trost in deinem Leid. Und Eva lächelte, lächelte, lächelte ihr Geheimnis durch die Jahrhunderte und verriet dir nichts. Sie wußte mehr als du, denn sie hat mit der Schlange geredet, ehe sie vom Apfel aß, aber sie konnte nicht sagen, was sie wußte. Du hingegen kannst alles sagen, was du dir an massenhaftem und doch geringfügigem Wissen mühsam erworben hast; und Eva lächelt darüber, denn das, was es zu wissen gilt, das gerade weißt du nicht, und hättest doch von mir alles erfahren können, wenn du damals wie sie unter den Baum getreten wärest.«

»Und was hättest du mir gesagt?« rief Adam in höchster Erregung aus. »Oder ist es etwa zu spät, wenn ich dich jetzt danach frage?«

»Es ist niemals zu spät, törichter Adam«, sagte die Schlange. »Es stand dir frei, jeden Augenblick zu mir zurückzukehren. Nun hast du es endlich getan nach Jahrtausenden, aber was bedeuten Jahrtausende in der Ewigkeit?«

»Wie hätte ich denn den Weg zu dir finden sollen? Sperrte uns nicht der Cherub mit dem Schwert die Rückkehr? Erst als es mir gelang, den milden traurigen Mann, der sich meiner erbarmt hat, als Begleiter zu gewinnen, mußte mir der Engel ausweichen.«

»Wohlgesprochen, Adam. Hättest du aber damals, als

dich der Engel vertrieb, den Blick einen Augenblick umgewendet, so wärest du unter dem Baum des Lebens einen anderen Engel gewahr geworden, den schönsten von allen, den man Luzifer oder den herabgefallenen Morgenstern heißt, weil er, ebenso wie jener traurige Mann, auf die Erde gekommen ist, aber nicht aus Liebe zu den Menschen, sondern aus Trotz gegen Gott. Weil du ihn nicht erkanntest, vermochte dich jener andere nicht zu erlösen. Wohl lehrte jener dich das Gute lieben und auch bisweilen tun, aber blind fielst du immer wieder in das Böse zurück. Wie, wenn du nun in diesem den Lehrer fändest, der dir auch über das Böse die Augen öffnete? Nur weil du blind bist, mußt du dem Bösen immer wieder knechtisch verfallen. Wenn dir aber die Augen aufgehen, wer weiß, vielleicht muß es dir dienen. Das ist das Geheimnis, welches in dem Lächeln der Eva liegt, das sie aber selbst niemals auszusprechen vermag. Nun aber tue, was du damals versäumtest, Adam: kehre dich um.«

Und Adam tat, wie ihm die Schlange geheißen. Unter dem Baum des Lebens aber, aus dessen grünem Gelock rote und goldene Früchte leuchteten, stand ein nackter Engel von vollendeter Schönheit, aber mit so grausamem Lächeln und so kalt blitzenden Augen, daß Adam sich erschreckt wieder umwenden mußte.

»Was entsetzest du dich so, du Furchtsamer?« spottete die Schlange. »Sollte dir der Engel so unbekannt sein?«

»Es ist der leibhaftige Böse«, stammelte Adam, »ihm vermag ich nie und nimmer zu folgen.«

»Und bist ihm doch immer wieder durch die Jahrhunderte nachgegangen, wenn jener milde Mann deine Leidenschaften nicht länger zu bändigen vermochte. Immer wieder verblendeten sie dich, führten dich ins Verderben, immer wieder erbarmte sich von neuem jener Milde, denn seine Liebe ist unerschöpflich, aber es hielt dich bei ihm immer nur gerade so lange, bis deine Wunden zur Not geheilt waren, und wiederum stürztest du, durch keine Narbe gewarnt, in das Welttreiben zurück, in das dich jener lockte. Wäre es nicht an der Zeit, ihm endlich mutig in sein grausam-schönes Antlitz zu blicken, ihm, wenn du willst, zu folgen und ebenso frei zu dem Milden umzukehren, wie dein Herz dich treibt.«

»Ich kann nicht, ich kann nicht!« rief Adam, sich windend vor Angst. »Das Feuer seiner Augen ist eiskalt, es macht mein Blut gerinnen.«

»Und doch mußt du es nun wagen, furchtlos hineinzublicken, Adam. Hast du ihn erst erkannt, dann bist du gerettet, er muß dir dienen.«

»Wie«, rief Adam aus, »dieser Fürchterliche mir dienen, mir, dem aus Erde Geschaffenen? Ist er denn nicht vom Himmel herabgestürzt und nun der Fürst der Hölle?«

»Dient dir nicht auch der andere, der für dich gestorben ist? Die schwerere Hälfte deiner Erdenaufgabe ist dir ja schon gelungen, Adam. Du hast Gott in jahrtausendelangem Leid seine Liebe abgenötigt, sollte es nicht viel leichter sein, den, welchen du den Teufel nennst, in einem Augenblick in deinen Dienst zu zwingen? Kehre dich nochmals um und wage einen zweiten Blick.«

Wieder drehte sich Adam zum Baum des Lebens um, und vor dem, was er sah, wurde ihm zumute, als seien die Jahrtausende in die Ewigkeit zurückgenommen worden. Wiederum erblickte er Eva, sein Weib, nackt, wie sie einst unter dem Baum der Erkenntnis gestanden war. Nun aber stand sie unter dem Baum des Lebens und fand ihn lieblich und gut anzusehen und gut davon zu essen und meinte, daß es ein lustiger Baum wäre, weil er schön und stark machte. Sie vermochte aber nicht, bis an seine Krone zu reichen. Da pflückte der schöne Engel eine goldene Frucht und reichte sie ihr mit grausamem Lächeln. Sie nahm von der Frucht und aß und reichte Adam auch davon, und er aß. Da wurden ihre Glieder leicht, und die

Runzeln glätteten sich auf ihren Stirnen. Ihnen war wieder jung und heiter zumute wie einst, da sie eben aus der Hand Gottes hervorgegangen waren, nur wußten sie nun um ihre Seligkeit. Der Garten Eden aber blühte neu um sie auf, so schön wie er einst gewesen. Und sie hörten die Stimme Gottes, der im Garten ging, als der Tag kühl geworden war, aber sie fürchteten sich nicht, und Adam rief:

»Herr, wo bist du? Warum hast du uns das getan? Warum verbotest du uns den Baum der Erkenntnis des Guten und Bösen? Warum wolltest du nicht, daß wir vom Baum des Lebens essen und leben ewiglich? Warum setztest du den Cherub mit dem flammenden Schwert vor den Garten Eden? Siehe, nun haben wir doch zurückgefunden. Der Cherub ist besiegt, die Frucht ist gepflückt.«

Die Stimme des Herrn aber murmelte in den Wipfeln, und aus der Krone des Baumes der Erkenntnis flüsterte die Schlange:

»Gott wollte, daß ihr nicht unwissende Kinder bliebet im Garten Eden. Ihr solltet freie Götter werden. Wie aber konnte er euch aus seinem eigenen Schutz lösen, wenn ihr euch nicht selber befreitet? Darum gab er euch das Verbot, damit ihr euch empörtet und so zuerst euer Selbst spürtet. Oh, ihr verstandet ihn, als ihr von der Frucht aßet. Lange genug habt ihr nun im Schweiße eures Angesichtes euer Brot gegessen, in Schmerzen Kinder geboren. Lange genug habt ihr unter dem Kreuz um Gnade und Verzeihung gefleht für all die Verbrechen, die ihr im Gefühl eurer Sünde aufeinandergehäuft. So wisset denn: Ihr seid frei von Sünden. Die Kraft, die euch trieb, ihm zu trotzen, ist ebenso göttliche Kraft, die von ihm stammt, wie jene andere Kraft, die euch ihn und einander zu lieben treibt bis zur Selbsthingabe. Nur in der Empörung war jene Kraft böse, in eurer Sündenangst war eure Liebe schlecht. Nun aber verliert Adam auch noch die letzte Angst wegen seiner Empörung, nachdem Gott sie selber gutheißt, als in seinem verborgenen Willen gelegen, wie denn geschrieben steht: »Wer überwindet, dem will ich zu essen geben von dem Holz des Lebens, das im Paradies Gottes ist.« Nun ihr aber gegessen habt, ist euch offenbar, daß Gut und Böse keine Gewalten mehr sind, stärker als ihr selbst. In euch ist die Kraft und Schönheit des gefallenen Engels sowie die Milde und Liebe des eingeborenen Sohnes. Nicht länger sollt ihr einander hassen, noch euch selber kreuzigen. Liebet euch selbst wie euren Nächsten.«

»Woran aber soll ich erkennen, daß du die Wahrheit sprichst?« fragte Adam sinnend.

Die Schlange sprach: »Hat Adam nicht vom Baume des Lebens gegessen?«

Adam aber fühlte, daß er es war, der Lebendige, Allmächtige, der die Schlange so reden hieß. Einst hatte er durch ihren Mund sich selbst aus dem Paradies des Unwissens vertrieben, irrend das Gute und Böse gesucht, sich selbst voll Angst vor der eigenen Sünde das Gesetz Moses gegeben und durch die Liebe des Heilands mutig davon erlöst, und nun zuletzt hatte er wissend zum Leben zurückgefunden.

Und Adam rief zitternd: »Herr, wo bist du?«

Die Stimme des Herrn aber antwortete aus ihm selber: »Hier bin ich!«

Am nächsten Morgen machten sich Adam und sein Weib zum zweitenmal auf, um aus dem Paradies über die Erde zu wandeln und sie sich untertan zu machen, wie Gott verheißen hatte; aber sie fanden das Tor des Gartens nicht. Wohin sie auch ihre Füße setzten, vor ihrem Tritt erblühte der Garten Eden.

Die Henne und das Küken

Eine Henne hatte ein Ei ausgebrütet und sagte zu dem Küken darin: »Sieh, hier draußen scheint die Sonne, und es gibt viel zu essen.«

»Mutter, das mag wohl sein, doch ich sehe nur Dunkelheit.«

Da pickte die Henne ein Loch in das Ei, damit das Küken sich befreien kann ...

Der Prophet und der Vogel

Ein Prophet hielt sich für sehr ergeben: »O Gott, bitte zeige mir jemanden, der dir mehr ergeben ist als ich.«

Daraufhin verlieh Gott ihm die Fähigkeit, die Sprache der Tiere zu verstehen. Er sah einen Vogel auf dem Ast eines Baumes sitzen und fragte ihn: »Nun, wie geht es dir? Hast du irgendwelche Schwierigkeiten?«

Der Vogel antwortete: »Es ist alles in Ordnung. Nur ein Problem habe ich: Unter dem Baum fließt eine Quelle, und jedesmal, wenn ich zu ihr fliege, um aus ihr zu trinken, vergesse ich für Augenblicke, an den Herrn zu denken.«

Beschämt dankte der Prophet dem Herrn.

Das Jucken auf dem Kopf

Ein Mann irrte in einem Labyrinth umher und suchte den Ausgang. Jedesmal, wenn er ihn erreichte, überfiel ihn ein Jucken auf dem Kopf, und er übersah ihn ...

Gandhi und der Zucker

Zu Gandhi kam einmal eine Mutter mit ihrem kleinen Sohn: »Gandhi, bitte sag ihm, er soll keinen Zucker mehr essen, weil er schädlich ist.«

Gandhi sah sie an und sagte dann: »Komm übermorgen wieder.«

Als sie am übernächsten Tag wiederkam, sagte er zu ihrem kleinen Sohn: »Iß keinen Zucker mehr, das ist nicht gut für dich.«

Da sagte die Mutter zu ihm: »Warum hast du das nicht schon vorgestern gesagt?«

»Da habe ich selbst noch Zucker gegessen«, sagte Gandhi.

Die Talente

Ein Mann ging auf eine längere Reise und übergab daher seinen Söhnen jeweils einen Teil seines Vermögens. Dem ältesten gab er vier Teile, dem mittleren zwei und dem jüngsten einen Teil.

Als er nach einiger Zeit zurückkam, ging er zu seinen Söhnen und ließ sich zeigen, was sie aus ihren Teilen gemacht hatten. Der älteste hatte seinen Teil vervierfacht, der mittlere hatte ihn verdoppelt und der jüngste hatte ihn ausgegeben.

Mit den beiden Älteren war der Vater zufrieden und übertrug ihnen weitere Aufgaben. Dem Jüngeren aber gab er vorerst nichts mehr, denn er sollte sich nicht selbst schaden, indem er verliere, was sein Teil sei, statt es zu mehren.

Die kluge Tochter

Es war einmal ein Priester am Hofe eines Königs, der für diesen jahrein, jahraus die Riten und Rituale aus den heiligen Schriften durchführte.

Als er eines Tages verzweifelt nach Hause kam, fragte ihn seine Tochter, was er für Schwierigkeiten habe. Er antwortete: »Heute sprach mich der König an und sagte, in den Schriften stehe, daß der erlöst würde, der sich immer wieder mit ihnen beschäftige. Er habe sich jetzt so lange damit beschäftigt, daß er morgen endlich die versprochene Befreiung wünsche. Wenn sie nicht eintrete, dann werde er mich töten lassen. Nun ist das Ende meines Lebens gekommen!«

Die Tochter war sehr klug und sagte zu ihm: »Laß mich die Sache übernehmen.«

Am nächsten Morgen ging sie zum König und sagte ihm, daß sie ihm etwas zeigen wolle, wofür er zusammen mit ihrem Vater in den Wald kommen solle. Der König willigte ein, und in dem Wald band sie den König und ihren Vater an je einen Baum. Dann sagte sie zu dem König: »Binde nun meinen Vater los!« Und zu ihrem Vater sagte sie: »Binde bitte den König los!« Der König aber rief wütend: »Wie kann ich! Ich bin ja gebunden!« Und ihr Vater sagte dasselbe.

An einem Sonntagmorgen begegneten sich ein Hase und ein Igel auf dem Feld, von dem sie ihr Gemüse zu holen pflegten, um zu sehen, wie die Pflanzen stehen. Sie kamen ins Gespräch – es herrschte allerdings ein wenig Spannung zwischen ihnen. Um den Igel ein wenig zu verspotten, sagte der Hase: »Wetten, daß ich schneller als du am anderen Ende des Feldes bin, wenn wir hier die Furche entlanglaufen!«

Er war sicher, daß der Igel die Wette nicht annehmen würde. Zu seiner Überraschung aber nahm sie dieser an und sagte, daß er in einer halben Stunde zum Wettlauf hier antreten werde, weil er vorher noch etwas erledigen müsse.

Er ging dann nach Hause zu seiner Frau und sagte zu ihr: »Damit wir uns noch ähnlicher sehen, zieh bitte genau das gleiche an wie ich – und dann bleibst du an dem Ort, wo ich dich hinstelle. Und wenn der Hase angelaufen kommt, dann sage nur, indem du aufstehst: ›Ich bin schon da!‹ Und wenn er dir noch einen Wettlauf anbietet, dann nimm an und hock dich wieder nieder.‹«

So geschah es denn auch. Als der Hase am Ende der Furche mit Windeseile angelangt war, stand die Igelin auf und sagte: »Ich bin schon da!« Das verstand der Hase nicht und er rief: »Noch mal zurück!« und weg war er. Dort aber saß der Igel wieder ...

So ging es zweiundsiebzigmal – und dann fiel der Hase vor Erschöpfung tot um.

Der Lehrer vor dem Himmelstor

Ein Gottsucher, der nach dem Himmel forschte, stand eines Tages unversehens vor der Himmelstür.

»Wer bist du?« fragte ihn der Türhüter.

»Ein Lehrer«, antwortete der Sucher.

Der Türhüter bat ihn, zu warten, und ging hinein, um zu berichten. Nach einer Weile kehrte er zurück und sagte, daß er ihn nicht einlassen könne, da es in der himmlischen Welt keinen Platz für Lehrer gäbe. Er erhielt den Rat, zurückzukehren und den Unrat der hohlen Worte, der ihm anhafte, im Wasser des Schweigens abzuwaschen.

Er saß nun täglich im Schweigen und hörte auf die Worte der Heiligen. Das Bewußtsein seines Selbst begann sich zu entwickeln. Er wurde demütig und betete darum, der Diener aller Menschen zu werden, der Einsamen und Niedrigen und der Tiere – ein Diener in Gottes Schöpfung.

Eines Tages taten sich die Pforten des Himmels auf, und er trat ein und erblickte des Lehrers schönes Antlitz, das ohne Vergleich ist.

Eisen oder Gras

Einmal kam ein Bauer zu einem Brunnen, in dem ein Mann hing. Dieser war mit Eisenketten kopfüber an den Füßen darin aufgehängt. Der Bauer wunderte sich und fragte den Mann nach dem Grund seiner seltsamen Stellung. Dieser antwortete: »Ich bin ein Gottsucher und möchte damit erreichen, daß er mir erscheint.«

Darauf sagte der Bauer: »Wenn das so möglich ist, dann werde ich das auch versuchen.« Und er hängte sich mit zwei schnell gewundenen Grasseilen in einen benachbarten Brunnen, wie er es bei dem Gottsucher gesehen hatte.

Nach zehn Minuten rief er hinüber: »Ist dein Gott schon erschienen?« Der Gottsucher gab zur Antwort: »Nein, in den zwölf Jahren, die ich hier hänge, habe ich ihn noch kein einziges Mal gesehen.«

»Meiner ist erschienen«, sagte der Bauer.

»Nach zehn Minuten – das ist unmöglich!«

Ein wahrer Schüler

Einmal ging ein Schüler zu seinem Lehrer und bat ihn, ihm einen wahren Schüler zu zeigen. Der Lehrer gab ihm eine Adresse, und der Schüler ging dorthin. Er fand einen Mann, der einen Laden hatte und bei seiner Ankunft gerade damit beschäftigt war, eine Bahre herzurichten. Als er damit fertig war, fragte er seinen Besucher, was ihn herführe. Dieser erklärte, daß er von seinem Lehrer hierhergeschickt worden sei, um zu sehen, wie er lebe.

Sie wurden in ihrem Gespräch von einem Boten unterbrochen, der den Mann zu seiner Familie holen sollte, da dort die Heirat seines Sohnes gefeiert werde. Der Mann entschuldigte sich bei seinem Besucher, daß sie nicht weiterreden konnten, und lud ihn zu der Hochzeit ein. Danach waren sie wieder in seinem Laden, als erneut ein Bote kam, der aufgeregt berichtete, daß der jungverheiratete Sohn des Mannes soeben tödlich verunglückt sei. Ruhig holte dieser die vorbereitete Bahre und machte sich auf den Weg nach Hause, um die Totenfeier zu richten.

Der Schüler ging wieder mit, und als sie nach den Feierlichkeiten wieder in dem Laden waren, sagte er verständnislos zu dem Mann: »Wenn du gewußt hast, daß dein Sohn in so großer Gefahr ist – warum hast du ihn nicht davor bewahrt?«

Der Mann antwortete ruhig: »Es war Gottes Wille. Es war für meinen Sohn das Beste.«

Die Ellenbogen

Der oberste Gott lud alle Götter und Teufel zu einem Festmahl ein. Als sie alle Platz genommen hatten, sagte er zu ihnen: »Dies alles ist für euch. Eßt nach Herzenslust. Doch eine Bedingung muß ich stellen. Ihr dürft zum Essen eure Ellenbogen nicht beugen.«

Wie sollten sie essen? Sie gingen erst mal hinaus und beratschlagten. Die Teufel sagten: »Wir gehen! Er will sich über uns lustig machen!«

Die Götter aber sagten: »Er hat sich sicher etwas dabei gedacht.«

Dann kamen sie auf die Lösung: Jeder reichte dem Nachbarn das Essen.

Der Schlangenbeschwörer

In der Tat, alle waren sich darüber einig, daß er ein höchst ungewöhnlicher Schlangenbeschwörer war. Er trug keine Körbe mit gezähmten Kobras mit sich, wenn er durch die Welt reiste; auch nahm er kein Geld für seine Arbeit. Dennoch sah es so aus, als ob er mehr Schlangen wegzaubern konnte als sonst irgend jemand. Niemand wußte, woher er kam und wo er gewesen war; niemand konnte voraussagen, wann er kommen und wieder gehen würde. Er kam, wenn er gerufen wurde; so erzählte er es einmal jemand vergnügt, das ist alles.

Er sah auch seltsam aus; dünn und groß und sehr dunkel. Er trug einen abgetragenen, wollenen Umhang, der einmal weiß gewesen war, und einen zerrissenen Turban, der ein ähnliches Schicksal erlitten hatte. Seine Schuhe waren lang und spitz, eine Sohle war halb abgerissen vom Schuh, und es gab einen eigenartig flatternden Ton, ähnlich den Flügeln der Vögel, wenn er einen Schritt tat. Wenn er nicht auf seiner Flöte spielte, lächelte er wie ein kleines Kind. Überall hatten es die Leute gerne, wenn er kam; wenn sie ihn einmal erblickt hatten, vergaßen sie vollkommen seine seltsame Erscheinung, und sie hörten nur noch auf seine Musik, welche keiner Musik dieser Welt gleichkam.

Nur wenige Menschen bemerkten seine tiefliegenden Augen unter den schwarzen Locken und dem zerrissenen Turban, aber jene, die sie sahen, vergaßen sie nie wieder. Ich will euch von drei Menschen erzählen, die sie sahen.

Es ergab sich, daß der Schlangenbeschwörer an einem Sonntag in einem kleinen Bergdorf ankam. Das Dorf schmiegte sich an einen steilen Abhang gerade unter einer Kette von Bergen. Es war ein erstaunlich fruchtbarer Ort und sehr friedlich; die Menschen dort lebten in großer Harmonie und waren im allgemeinen freundlich zu Fremden.

Als sich die Nachricht seiner Ankunft schnell von Haus zu Haus verbreitete, versammelten sich die Dorfbewohner, um des Schlangenbeschwörers Spiel zu hören. Die Frauen hörten auf zu fegen und zu waschen; die Männer verließen ihre Sensen und Karren, ihre Träumereien und Schriftstücke und kamen von den Feldern und aus den Läden, um zu lauschen. Er kam langsam die steile und enge, gepflasterte Straße herauf; die Musik, die er spielte, klang so zart in den Ohren der Zuhörer, daß alte Männer in den Teestuben weinen mußten und kleine Kinder unbeweglich bei ihren Spielen standen.

Zwei alte Frauen saßen im Sonnenlicht am Straßenrand und strickten. Eine der beiden hatte sich zum hundertsten Male bitter über ihre nächste Nachbarin beklagt, aber der Klang der sich nähernden Menge unterbrach ihr Geschwätz. Als sie aufschaute, stand der Schlangenbeschwörer vor ihr und schaute ihr gerade in die Augen. Seine Musik wurde immer noch schöner und zarter; jetzt waren Stimmen darin zu hören und schienen die Frau von weither zu rufen. Mit Freude und Schrecken, wie sie sie bisher nicht gekannt hatte, steckte sie ihr Strickzeug in den Latz ihrer langen, schwarzen Schürze und raffte sich auf. Sobald sie aufstand, kamen Schlangen aus ihren Haaren und unter ihrer Zunge hervor, kleine Schlangen, die sich schnell bewegten, schwarze und lebhaft grüne.

Nur für kurze Augenblicke waren sie für die erschreckten Dorfbewohner und die alte Frau sichtbar, und dann schlängelten sie sich in des Schlangenbeschwörers Taschen und waren verschwunden. Der Schlangenbeschwörer setzte die Flöte ab und lächelte der alten Frau zu. Unfähig zu widerstehen, schaute auch sie fest in seine Augen. Aber sie sah keine gewöhnlichen Augen mit Iris und Pupille, sie sah nur Licht, leuchtendes Licht, wie sie es noch nicht gesehen hatte, weitaus heller als die Sonne und viel wärmer. Als sie fortfuhr, ihn anzuschauen, fühlte sie, daß jene Wärme sie umhüllte, sie erfüllte bis hinunter in ihre alten, faltigen Zehen. Still beugte sie ihren Kopf.

Plötzlich mußte sie aufschauen; sie erblickte das Gesicht ihrer Nachbarin in der lautlosen und staunenden Menge. Sie brach in Tränen aus und bahnte sich ihren Weg durch die Dorfbewohner, bis sie die andere Frau umarmen konnte. »Ich bin ein elendes, altes Weib«, schluchzte sie, »vergib mir, Schwester, ich werde nie wieder schlecht von dir sprechen.« Die andere Frau war zu überrascht, um zu antworten, aber sie fühlte etwas von der unerklärlichen Wärme und setzte sich nieder zu ihr und tröstete sie.

Der Schlangenbeschwörer setzte die Flöte an seine Lippen und ging weiter.

Die Straße weiter hinunter stand ein verlassener Tempel und daneben ein Haus mit einer sehr schön verzierten Fassade. Die Türen waren aus Sandelholz, reich geschnitzt, und die Wände waren mit Löwen und Pfauen bemalt. Es gehörte dem wohlhabendsten Mann des Dorfes, einem Witwer, dessen einzige Tochter viele Jahre lang seinen Haushalt geführt hatte. Als der Schlangenbeschwörer leicht auf den Pflastersteinen entlangging – ein Schuh flatterte wie Vogelschwingen –, konnte man die schrille Stimme der Tochter über der Musik hören; sie schalt wie gewöhnlich die Diener wegen ihrer Pflichten. Sie war ein stolzes Mädchen und schön, wäre sie nicht so einsam und unzufrieden mit ihrem Leben gewesen.

Als es einen Moment still im Hause war, hörte sie des Schlangenbeschwörers Musik zum ersten Mal. Die Musik war fröhlich und freudvoll und sprach von großem Glück, das kommen sollte. Sie fühlte sich seltsam angezogen von ihr und ging in all ihren feinen Kleidern auf den Balkon, um den Schlangenbeschwörer vorbeigehen zu sehen. Aber als er vor das Haus kam, hielt er an, statt seinen Weg weiter zu verfolgen, und schaute, indem er mit ganzem Herzen spielte, direkt zu ihr hinauf. Das Mädchen lehnte sich über den Balkon, um die Musik deutlicher zu hören, und plötzlich war es erstaunt, als es überall um sich einen zischenden Laut vernahm. Ihr ganzer Schmuck – Ohrringe, Halsband, Armreifen und Fußringe – hatte sich in winzige Schlangen verwandelt, weiß, glänzend rot und golden. Wie vom Donner gerührt beobachteten die Dorfbewohner und das Mädchen, wie sie alle über die durchbrochene Balustrade in die Taschen des Schlangenbeschwörers glitten, wo man sie nicht mehr sah.

Der Schlangenbeschwörer setzte die Flöte ab und lächelte hinauf zur Tochter des reichen Mannes. Seltsam erleichtert und zum erstenmal glücklich in ihrem Leben, schaute sie fest zurück in des Schlangenbeschwörers Augen. Sie sah keine gewöhnlichen Augen mit Iris und Pupille; sie sah nur Sterne an einem klaren Nachthimmel; Sterne, die mehr glänzten, als sie es je von ihres Vaters Dach aus gesehen hatte. Wie die alte Frau war auch sie plötzlich erfüllt mit Wärme vom glänzenden schwarzen Haar bis zu ihren Füßen in Sandalen. »Ich muß in die Küche gehen und dort helfen«, sagte sie zu sich selbst, »vielleicht war ich zu streng mit ihnen. Vielleicht verstehen sie nicht, was ich von ihnen möchte.« Und sie tanzte die Treppen hinab und hinaus in den Garten, um für ihres Vaters Tisch zum Mittagessen Blumen zu pflücken.

Der Schlangenbeschwörer setzte seine Flöte an die Lippen und ging weiter. Eine lächelnde, ruhige Menge folgte ihm. Als er an einer armen Behausung am Rande des Dorfes vorbeikam, konnte man einen klopfenden, schleifenden Laut auf den Steintreppen im Innern hören. Der Schlangenbeschwörer hielt wieder an und stand ruhig an der Tür. Er spielte und spielte, seine langen Finger bewegten sich schnell wie Schmetterlinge auf seiner hohlen Flöte. Der

Klang war jetzt traurig, auf einmal anziehend und bittend und große Freude versprechend.

Nach ein paar Minuten wankte ein blasser, junger Knabe aus der Türöffnung. Eines seiner Beine war geschrumpft, und er stützte sich auf eine rohgezimmerte Krücke. Ein Murmeln der Zustimmung ging durch die Menge, denn der Junge war wohlbekannt im Dorf. Er hatte ein gutes Herz und verbrachte die meiste Zeit im Spiel mit mit den kleinen Kindern. Er beklagte sich nie über sein verkrüppeltes Bein oder über seine abwesende Mutter; er hatte sein Bestes getan, um sich um den alten Vater zu kümmern, bis er starb, gerade vor ein paar Wochen. Und mehr als ein Dorfbewohner hatte den stillen, fernen Blick, der oft über sein Gesicht glitt, bemerkt. Er hinkte gerade auf den Schlangenbeschwörer zu und fiel ihm zu Füßen. »Ich habe schon so lange gewartet«, sagte er weinend, »ich dachte, du würdest nie kommen.«

Der Schlangenbeschwörer hörte auf zu spielen. Er beugte sich hinab und hob den Knaben mit seinem starken, braunen Arm sanft auf die Füße. »Halte dich an meinem Umhang fest«, rief er fröhlich, »wir wollen davongehen.« Und er begann wieder zu spielen.

Ein Mann stand auf dem Dach und schwang einen Stock gegen einige Affen in einem Banyanbaum neben seinem Hause. »Sie stehlen meine Guavas«, brummte er den Umstehenden zu, und dann, als die Melodie von des Schlangenbeschwörers Musik zu ihm drang, lächelte er etwas unbeholfen und legte seinen Stock nieder. »Ich glaube, es sind genug da für uns alle, meine Brüder«, sagte er und ging wieder hinein.

Einige der Kinder lachten, als sie sahen, wie die Affen mit klapperndem Lärm von Blechdach zu Blechdach sprangen, das Maul voller reifer, grüner Früchte, aber der verkrüppelte Junge lachte nicht. Er hatte nur Augen für den Schlangenbeschwörer und hörte nur auf seine Musik.

Er hielt sich fest an dessen Umhang und folgte ihm geradewegs aus dem Dorf hinaus. Die Menge beobachtete, wie der Junge mit dem Schlangenbeschwörer davonhinkte, und viele waren sicher, daß die Krücke in des Schlangenbeschwörers Tasche verschwand – schwarz und sich windend – und daß des Jungen Schritt stetiger und stetiger wurde, als sie im Nebel verschwanden.

Hoch oben in den Bergen machten sie Rast. Er drehte sich um und schaute dem Jungen voll ins Gesicht. Der Junge schaute auch direkt in seine Augen. Erst konnte er nur das Blaue des Himmels sehen, aber als er tiefer hineinschaute, konnte er den Schlangenbeschwörer selbst sehen, wie er in einem Feuerring saß und auf seiner Flöte spielte.

»Möchtest du mehr sehen?« fragte dieser mit einem Lächeln. »O ja!« antwortete der Knabe ohne Zögern. Und der Schlangenbeschwörer fing wieder an zu spielen. Als er spielte, erschien es dem Jungen, als ob der Schlangenbeschwörer wachsen würde. Er wuchs und wuchs, bis er schließlich die ganze Landschaft verdeckte, die Berge, das Tal und den Himmel, und immer spielte er, beugte sich näher und näher zu dem entzückten Jungen. Die Musik verwandelte sich in einen Wind, in einen wirbelnden Klangtrichter, welcher an dem Jungen zog und zog, bis er sich schließlich tief, tief in des Schlangenbeschwörers Flöte wiederfand – und er ging voller Freude zu ihm in den Feuerring hinein. Dort spielte er ewig für ihn.

Dann setzte der Schlangenbeschwörer die Flöte an seine Lippen und ging weiter.

Die Bettler

Ein König ging einmal in seinem Land auf Reisen. Als sein Zelt in der Nähe eines Dorfes aufgeschlagen worden war, näherte sich ihm ein Bauer aus diesem Dorf, um wegen einer schweren Trockenheit um Hilfe zu bitten. Die Wächter vor dem Zelt hießen ihn zu warten, bis er hereingerufen würde. Während er wartete, hörte er, wie der König im Zelt betete: »O Herr, hilf meinem Land in seiner Not – schick ihm Regen!« Der Bauer wandte sich gerade zum Gehen, als er in das Zelt gerufen wurde. »Warum wolltest du wieder gehen?« fragte der König. »Was hat es für einen Sinn, wenn ein Bettler einem Bettler in die Tasche greift«, sagte der Bauer. »Er sollte sich besser an den wenden, dem alles gehört.«

Der größte Feind

Es war einmal ein König, der ständig auf der Suche nach seinem größten Feind war. Da er niemanden fürchtete, war er bald sehr mächtig und besaß viele Reiche und Schätze. Wieder begann er zu einem Kriegszug zu rüsten, denn er erinnerte sich an einen Weisen, der früher wie er ein mächtiger König gewesen war und allem entsagt hatte, um sich in tiefe Wälder zurückzuziehen. Gegen diesen wollte er kämpfen, da es sonst keinen Menschen mehr gab, der mächtiger war als er.

Als er vor der Hütte des Weisen im tiefen Urwald stand, rief er: »Komm heraus und kämpfe mit mir!« Der Weise kam ruhig heraus und sagte: »O König, ich bin nicht der richtige Gegner für dich. Ich kenne einen, vor dem ich so zittere, daß ich vor ihm in diesen Wald geflohen bin und dessen Namen ich nicht einmal auszusprechen wage!«

Da rief der König: »Einen solchen Gegner gibt es nicht. Nenne ihn mir, und ich werde ihn besiegen. Wenn ich es nicht erreiche, dann werde ich mich verbrennen!«

Da sagte der Weise: »So wisse, dieser Feind ist das Gemüt.«

Da zog der König nach Hause zurück und machte sich an die Unterwerfung des Gemüts. Nach langen Jahren mußte er sich eingestehen, daß er es nicht unterwerfen konnte – und verbrannte sich.

Das Geschenk

Einmal kam ein Mann zu einem Lehrer und begann, ihn zu beschimpfen. Er tat das den ganzen Tag bis zum Abend. Der Lehrer fuhr ruhig fort, seinen Aufgaben nachzugehen. Als sich dann abends der Mann zum Gehen wandte, sagte er zu ihm: »Warte noch einen Augenblick! Sage mir eins: Wenn einer einem anderen ein Geschenk mitbringt und dieser es nicht annimmt – bei wem verbleibt es dann?« Der Mann antwortete: »Bei dem, der es mitgebracht hat.« Da sagte der Lehrer: »Das Geschenk, das du mitgebracht hast, nehme ich nicht an.«

Der Aufpasser

Ein Lehrer betete: »O Gott, laß immer einen Menschen in meiner Nähe sein, der schlecht von mir denkt!«

»Warum?«

»Er wäscht meine Sünden fort.«

Als dieser Mann starb, sagte der Lehrer: »O Gott, der Mann, der auf mich achtgab, ist fort.«

Die Lektion

Einmal gingen fünf Prinzen zu ihrer ersten Unterrichtsstunde zu ihrem Lehrer. Deren Thema lautete: »Sagt die Wahrheit.« Am nächsten Tag kamen vier von ihnen zu dem Lehrer und sagten: »Was du uns gesagt hast, das haben wir sofort gelernt – schon in dem Augenblick, da du es äußertest. Aber unser Bruder sitzt noch immer zu Hause und sagt, er könne nicht kommen, weil er es noch nicht gelernt habe.«

Der Prinz kam auch am nächsten Tag nicht – erst nach einer Woche erschien er zum Unterricht und sagte zu dem Lehrer: »Ich habe jetzt gelernt, die Wahrheit zu sagen.« Und sein ganzes Leben lang sagte er die Wahrheit.

Ein Einweihungsweg

Hans hatte seinem Meister sieben Jahre lang treu gedient und erhielt von ihm als Lohn einen großen Klumpen Gold. Damit machte er sich glücklich auf den Heimweg. Doch der Weg war lang und die Sonne heiß, und er geriet ordentlich ins Schwitzen. Da sah er einen Reiter auf einem Pferd, und er dachte, daß es doch recht bequem dort oben sei, als ihn dieser ansprach und sagte: »Nun, woher des Wegs?« Hans erzählte es ihm und seine Beschwer mit dem schweren Goldklumpen. Da bot ihm der Reiter an zu tauschen: »Da kannst du immer geschwind querfeldein reiten und bist bald zu Hause!«

Hans wars zufrieden. Eine Weile ging es recht gut, doch das Pferd hatte seinen Tücken und ging ihm durch und warf ihn am Ende ab. Da war er sehr ärgerlich und einem Bauern dankbar, der mit einer Kuh dahergekommen war und das Pferd für ihn eingefangen hatte. »So eine Kuh ist doch was Feines – da hat man immer gute Milch zu trinken, und sie ist gutmütig, und am Ende kann man ihr Fleisch auch noch zu einem guten Braten verwenden!« Der Bauer tauschte gerne.

Jeder weiß, wie es weiterging: Am Schluß war auch der Schleifstein in den Brunnen gefallen, und der Hans war das erste Mal glücklich und frei und sprang in großen Sprüngen nach Hause.

Die dritte Art von Schülern

Ein Lehrer war mit einem Schüler unterwegs. Abends gingen sie in ein Haus, wo eine Familie von Schülern wohnte. Diese hießen den Lehrer willkommen, bewirteten die beiden Reisenden und beteten mit ihnen zusammen. Dann erhielten sie ein Nachtlager und wurden am nächsten Morgen freundlich verabschiedet.

»Siehst du, das ist die Art von Schülern, in denen ein wenig Duft der Wahrheit ist. Sie werden zuhören, ein wenig physisch und finanziell dienen, aber keine großen Fortschritte machen. Wir gehen nun zu Menschen, die unter dem Schutz des Lehrers stehen«, sagte der Lehrer zu dem Schüler.

Am Abend kamen sie zu einer Familie, die sie voller Freude und Verehrung aufnahm, für sie die besten Speisen bereitete und dann die ganze Nacht über mit ihnen betete und Fragen über die Spiritualität stellte. Am nächsten Morgen wollten sie die Leute gar nicht gehen lassen und baten sie, möglichst bald wiederzukommen. Sie gaben ihnen dann noch ein Paket mit Wegzehrung mit.

»Und nun kommen wir zu einer Familie, die das Wesen der Wahrheit des Lehrers empfangen hat. Das ist die dritte und sehr seltene Art von Schülern«, sagte der Lehrer.

Diese Familie empfing die beiden Reisenden mit großer Freude und Ehrerbietung und begann sogleich, ein Festmahl für sie vorzubereiten. Der eine Sohn half dem Vater beim Holzherrichten und der andere Sohn half der Mutter in der Küche. Dabei geschah es, daß der Sohn in der Küche ausglitt und tot liegenblieb. Die Mutter dachte an das karmische Gesetz und daran, das Festmahl mit dem großen Heiligen nicht zu stören und sagte daher auch ihrem Mann kein Wort, sondern legte den toten Sohn auf ein Bett und fuhr mit den Vorbereitungen fort. Dasselbe geschah nun auch mit dem anderen Sohn, der den Vater begleitete. Dieser hatte den gleichen Gedanken wie seine Frau und brachte seinen toten Sohn in einen anderen Raum und nahm sich vor, nach der Abreise des Lehrers ihr den Verlust nahezubringen.

Beim Festmahl nahm der Lehrer die kleine Tochter auf seinen Schoß und fragte sie, wo ihre Brüder wären. Sie antwortete: »Sie sind in des Lehrers Schoß. Im Leben und im Tod sind wir in des Lehrers Schoß.« – »Ruft sie und laßt sie mit uns essen«, sagte der Lehrer.

»Oh, sie sind müde und schlafen«, sagten beide Eltern wie aus einem Munde.

»Dann weckt sie und holt sie her«, sagte der Lehrer.

Die Eltern wurden blaß und gingen zu den Räumen, wo sie ihre toten Kinder versteckt hatten.

Doch wie groß war ihr Erstaunen, als sie diese fanden, wie sie gerade aufwachten und den eintretenden Eltern erzählten, daß sie mit dem Lehrer in wunderschönen Ländern und Gegenden gewesen seien und liebliche Musik gehört hätten.

Die Taube

Zwei Sucher gingen zu einem Lehrer: »Bitte, gib uns etwas!«

»Gut, nehmt jeder eine Taube und tötet sie, wo euch niemand sieht.«

Einer rannte schnell hinter eine Mauer und tötete die Taube.

Der andere lief den ganzen Tag hindurch herum und kehrte am Abend unverrichteter Dinge wieder zurück.

»Was, du hast keinen Ort gefunden?«

»Nein.«

»Wer hat dich denn gesehen?«

»Diese Taube hier.«

Er erhielt etwas.

Das treibende Boot

Einige Menschen treiben in einem Boot den Strom hinab. Jemand am Ufer sieht dies und ruft ihnen zu: »Ihr treibt ab!«

Sie schauen auf ihr Boot und dann auf den Strom, auf dem sie mit gleicher Geschwindigkeit treiben, und rufen zurück:

»Wieso, wir bewegen uns doch gar nicht!«

Das Auge des Vogels

Es war einmal ein Schüler, der von seinem Lehrer im Bogenschießen unterrichtet wurde. Eines Tages sahen sie auf einem Baum an einem Teich einen Vogel sitzen. Da sagte der Lehrer zu dem Schüler: »Sieh in dem Teich auf das Spiegelbild des Vogels. Was siehst du?«

»Ich sehe den Baum und den Vogel darauf.«

»Schau genauer hin!«

»Ich sehe jetzt den Vogel auf dem Zweig.«

»Schau noch genauer hin!«

»Jetzt sehe ich nur den Vogel.«

»Noch genauer!«

»Ich sehe jetzt den Kopf des Vogels.«

»Noch genauer!«

»Jetzt sehe ich das Auge des Vogels.«

»Jetzt schieß!«

Der Wert eines Königs

Ein Minister sagte zu seinem mächtigen König: »Ich beweise dir, daß du nichts wert bist!«

»Was, vor meinem Wink zittert die Welt!«

»Gut, lege dich hin.«

Dann ließ er ihn in die Stadt tragen und ausrufen: »Der König ist tot. Wer will ihn für eine Mark, fünfzig Pfennige, einen Pfennig?«

Aber die Menschen flohen vor ihm.

Wo Gott nicht ist

Ein Lehrer war auf Reisen und kam an einem Abend in eine Moschee. Er legte sich in ihr zum Schlafen nieder.

Am nächsten Morgen wurde er unsanft vom Aufseher der Moschee geweckt:

»Du liegst mit den Füßen zum Heiligtum!«

»Gut, sage mir, wo Gott nicht ist, und ich werde meine Füße dorthin legen«, antwortete der Lehrer.

Das Gefängnis

Es war einmal ein Gefängnis, in dem sich viele Gefangene befanden. Es war schon sehr alt und in schlechtem Zustand. Die Gefangenen litten sehr darunter.

Eines Tages besuchte ein wohlhabender und großmütiger Herr das Gefängnis und sah, wie die Gefangenen litten. Er erbarmte sich ihrer und ließ ihnen Decken und besseres Essen bringen.

Ein anderes Mal besichtigte ein hoher Regierungsbeamter das Gefängnis und stellte fest, daß die sanitären Anlagen und die Heizung sowie viele weitere Einrichtungen renovierungsbedürftig waren. Er setzte sich für diese Arbeiten ein, und sie wurden schließlich durchgeführt.

Nach langer Zeit kam ein Mann, der die Schlüssel des Gefängnisses besaß und die Tore weit öffnete ...

Man sagt, dies sei ein Lehrer der höchsten Ordnung ...

Die seltsamen Wege des Lehrers

Es gab einmal einen Schüler, der sehr hochmütig war und meinte, daß er alles besser wisse. Er wurde von Gott zu einem Lehrer geschickt, damit er diesem gehorche und von diesem lerne. Der Lehrer sagte, daß er nicht glaube, daß der Schüler seiner Lehren wert sei. Darüber war der Schüler wütend.

»Unter einer Bedingung kannst du mit mir kommen«, sagte der Lehrer daher. »Du darfst keine Einwände machen bei dem, was du siehst.«

Der Schüler willigte ein zu gehorchen.

Sie kamen in ein Fischerdorf.

»Wem gehört dieses Boot?« fragte der Lehrer die Umstehenden.

»Einem reichen Mann in der Stadt«, war die Antwort.

»Und dieses?«

»Dem wichtigsten Mann unseres Dorfes.«

»Und dies?«

»Ein paar armen Waisen.« Da ging der Lehrer zu dem letzten Boot und schlug ein Loch hinein, so daß es sank.

Darauf konnte der Schüler nicht mehr an sich halten, und es brach aus ihm heraus, wie grausam dies sei und daß er doch eines der anderen Boote der reichen Leute hätte nehmen können.

Der Lehrer sagte: »Erinnere dich an dein Versprechen!«

Der Schüler entschuldigte sich, und sie gingen weiter, bis sie nach einer Weile zu einer halbverfallenen Hütte kamen, die an eine alte Mauer gebaut war. Dort wohnte ein altes Ehepaar, das gerade nicht zu Hause war.

Der Lehrer ging auf die Mauer zu und stemmte sich dagegen, bis sie zusammenfiel und die Hütte mit sich riß.

Der Schüler konnte wieder nicht still bleiben, als er das

mit ansehen mußte, und machte dem Lehrer heftige Vorwürfe.

»Wenn du noch einmal etwas sagst, mußt du mich verlassen!« sagte der Lehrer.

Der Schüler versprach, sich zu bessern. Einige Zeit später kamen sie zu einigen spielenden Kindern. Wieder erkundigte sich der Lehrer, wessen Kinder dies seien. Es waren Kinder von mehrköpfigen und wohlhabenden Familien, und ein hübscher und artiger Junge, das einzige Kind armer Leute.

Der Lehrer zog sein Schwert, das alle Leute damals trugen, und hieb ohne ein weiteres Wort dem Knaben den Kopf ab.

Der Schüler schrie auf: »Alles, was du tust, ist falsch und schrecklich . . .!« Er konnte dann noch eine Weile nicht aufhören, und als er fertig war, sagte der Lehrer:

»Verlaß mich nun. Du bist nicht geeignet, um etwas von mir zu lernen!«

Das mußte der Schüler einsehen, da er keinerlei Sinn in dem Tun des Lehrers entdecken konnte. »Bitte sage mir aber noch, warum du all dies getan hast?«

»Gut. Das Boot habe ich zum Sinken gebracht, weil am nächsten Tag ein Sturm kommt, der alle Boote zerstört, außer dem, das in dem flachen Hafenbecken liegt und leicht gehoben und repariert werden kann. Unter der umgestürzten Mauer werden die alten Leute einen Schatz von früher finden, wenn sie unter den Trümmern nach den Resten ihrer Habe suchen. Und der Junge wäre später ein Verbrecher geworden, der seinen Eltern unsägliches Leid gebracht hätte. Sie werden einen besseren Sohn bekommen.«

Der Schüler bat um Verzeihung.

Der Besuch

Ein Ergebener betete einmal nachts zu Gott, er möge ihn am nächsten Tag besuchen.

Gott willigte ein, und der Ergebene bereitete sein Haus vor, errichtete einen Sitz aus Rosen, richtete ein Festmahl her und setzte sich erwartungsvoll an den Eingang, um Gott hineinzugeleiten. Er saß den ganzen Tag dort, doch Gott kam nicht. Nur ein alter, zerlumpter Mann kam vorbei, der um eine Scheibe Brot bat.

Nachts sagte der Ergebene zu Gott: »Du hast mir versprochen zu kommen, und bist nicht gekommen!«

»Ich bin gekommen! Ich bat dich um eine Scheibe Brot, und du hast sie mir nicht gegeben.«

Der Augenblick der Stille

Ein gelehrter Priester kam einmal zu einem Lehrer: »Bitte, weihe mich ein!«

Er wurde eingeweiht und erhielt unter anderem die übliche Anweisung, täglich den Zehnten seiner Zeit dem Herrn zu widmen.

»Sitze geduldig und demütig, denke an nichts, erwarte frohen Herzens, was dir gegeben wird und ziehe dich vollständig von außen zurück!« unterwies ihn der Lehrer.

»Oh, wenn's weiter nichts ist«, sagte der Priester, »in zwei Monaten komme ich wieder.«

Er kam erst nach acht Monaten und war ganz kleinlaut: »Früher konnte ich im Tempel leicht acht Stunden bei meinen Ritualen in Andacht verweilen, und nun geht es nicht einmal einen Augenblick!«

Die Sklaven des Gemüts

Einmal fragte ein König einen Heiligen: »Warum waren meine Ahnen solche Sklaven des Gemüts, statt sich kontrollieren zu können?«

Der Heilige antwortete: »O König, dies Gemüt liebt das Vergnügen, und es ist sehr mächtig – man kann ihm nicht entkommen. In drei Monaten wird ein Kaufmann mit einem Pferd zu dir kommen. Kauf es bitte nicht. Wenn du es doch tust, dann reite es nicht. Falls du es reitest, dann wende dich nicht nach Osten, wo du einer Frau begegnen wirst. Sprich nicht mit ihr. Wenn du es tust, dann bring sie nicht in deinen Palast. Tust du das, so heirate sie nicht. Wenn du sie heiratest, dann gehorche ihr bitte nicht. Nun weißt du, wie du das Gemüt kontrollieren kannst, und an dir ist es, zu zeigen, ob du es vermagst.«

Es kam so, wie der Heilige es gesagt hatte. Das Pferd war so schön, daß es der König einfach kaufen mußte. Als er es dann doch ritt, ging es ihm durch und galoppierte nach Osten, obwohl er alles versuchte, es davon abzuhalten. Dort fand er eine schöne Frau sitzen und weinen. Er stieg ab und fragte sie nach dem Grund. »Ich bin von all meinen Verwandten und Freunden getrennt und ganz allein auf der Welt – ich weiß nicht wohin.«

Der König überlegte.

»Wenn ich von wilden Tieren gefressen werde, dann wirst du dafür zahlen müssen, weil du mich hier zurückgelassen hast, o König«, sagte die Frau.

Da nahm er sie mit an seinen Hof – nahm sich aber vor, sie nicht zu heiraten.

Doch alle Leute an seinem Hof waren so entzückt von ihr, daß er sie schließlich doch heiratete. Sie bestand darauf, daß zu ihrer Hochzeit viele Weise und Heilige eingeladen wurden. Sie verteilte sogar das Essen an diese frommen Männer. Plötzlich fing sie an zu schreien: »Ihr seid alle unkeusche alte Männer! Ihr starrt mich dauernd an!«

Der König glaubte ihr und ließ die heiligen Männer enthaupten.

Da erschien wieder der Heilige, der dem König all dies vorausgesagt hatte: »Siehst du nun, wie mächtig das Gemüt ist! Du wußtest, was kommen würde und gabst doch immer wieder nach. Der Tod dieser unschuldigen und heiligen Männer ist das Ergebnis.

Die Wissenschaft

Ein Lehrer sprach einmal mit einem Wissenschaftler.

»Könnt ihr Bewußtsein schaffen?«

»Nein.«

»Habt ihr die Materie untersucht?«

»Ja.«

»Und was habt ihr gefunden?«

»Atome.«

»Bewegen sich die Atome zufällig oder gesetzmäßig?«

»Sie bewegen sich streng rhythmisch – sie werden von einer Kraft kontrolliert.«

»Und wie erkennt man sie?«

»An Licht und Ton, das sie beim Kreisen aussenden.«

Der Wissenschaftler wollte nun wissen, was die kontrollierende Kraft ist und woher Licht und Ton kommen.

Er ließ sich einweihen.

Der Aufstieg

Einer ging an eine Universität, um zu lernen. Er hatte kein Geld – und man gab ihm schließlich eine Anstellung, in der er den schmutzigen Keller der Universität aufräumen sollte. Dort lagerten Dinge, mit denen Forscher und Studenten nichts anfangen konnten.

Nach Jahren war er fertig. Was er dort gefunden hatte, schrieb er nieder – und was er dabei gelernt und verstanden hatte.

Und – nun ja, er wurde sehr berühmt . . .

Der tägliche Satz

Es war einmal ein armer Mann vom Lande, der zum Haus seines Lehrers ging, um in dessen Dienste zu treten. Da er sonst nichts gelernt hatte, bekam er eine Stelle als Pferdeknecht. Er widmete sich dieser Aufgabe mit ganzem Herzen und voller Hingabe. Nach einiger Zeit waren Pferde und Ställe in sehr guter Verfassung. Der Lehrer war sehr erfreut darüber und erfuhr, daß jener Mann vom Lande das zuwege gebracht hatte. Er fragte ihn: »Hast du etwas gelernt?«

»Nein, ich war niemals auf irgendeiner Schule.«

»Sehr gut«, sagte der Lehrer, »ich werde dich lehren, und später kannst du dann studieren und Dienst tun.«

Von da an gab der Lehrer dem Schüler jeden Morgen einen Satz, den dieser den ganzen Tag über mit voller Hingabe wiederholte.

Eines Tages war der Lehrer in Eile, da er in dringenden Geschäften verreisen mußte. Als der Schüler dies sah, lief er zu ihm hin, um sich einen Satz für den Tag zu holen. Der Lehrer lächelte und sagte: »Siehst du nicht, daß dies nicht der richtige Augenblick ist. Weißt du nicht, wohin ich gehe?« Der Schüler meinte nun, daß dies der Satz für den Tag sei und wiederholte ihn wie üblich.

Die anderen Schüler, die den Vorfall beobachtet hatten, lachten über den Schüler, der nicht verstanden hatte, was der Lehrer meinte. Als dieser zurückkehrte, fragten sie ihn, welchen Satz er dem Schüler gegeben hatte.

»Keinen.«

»Aber er hat den ganzen Tag das wiederholt, was du zuletzt zu ihm gesagt hast: ›Siehst du nicht, daß dies nicht der richtige Augenblick ist. Weißt du nicht, wohin ich gehe?‹«

Der Lehrer lächelte und sagte: »Jemand, der den richtigen Augenblick, die Zeit, nicht erkannt hat, der hat den Bereich von Gemüt und Materie überschritten. Dieser Schüler ist in die Farbe des Lehrers getaucht worden.«

In dem Augenblick, als der Lehrer diese Worte sprach, erhob sich die Seele des Schülers in die höheren Ebenen. Dort befand er sich bei allem, was er tat.

Die anderen Schüler waren verärgert darüber und sagten zu dem Lehrer: »Wir haben dir so viele Jahre gedient, und keine solche Gnade wurde uns zuteil. Und dieser, der erst vor kurzem hierher kam, wurde der größten göttlichen Gnade teilhaftig.«

Da sagte der Lehrer: »Holt mir Wein, und jeder von euch spüle seinen Mund so lange mit diesem Wein, bis er alle ist.«

Danach fragte er sie: »Nun, seid ihr berauscht?«

»Nein, wir haben ja nichts davon getrunken.«

Da erklärte ihnen der Lehrer: »Wenn ihr den Wein nicht herunterschluckt, den ihr erhaltet, dann werdet ihr keine Berauschung erlangen. Wenn ihr eure Übungen nicht macht und keine Liebe zum Lehrer entwickelt, dann werdet ihr keine inneren Fortschritte machen.«

Der junge Mann und die Waage

Es war einmal ein junger Mann, der sich eine Waage gebaut hatte. Da kam der Teufel hinzu und fragte ihn, wozu er das getan hätte. »Ich habe gehört, daß auch Gedanken Gewicht haben, und ich will sehen, ob das stimmt.«

Da sagte der Teufel:

»Dafür weiß ich ein gutes Spiel: Du sammelst Gutes in die eine Waagschale und ich Böses in die andere. Wer es geschafft hat, daß seine Schale sich ganz nach unten neigt, der hat gewonnen.«

Sie fingen an, und bald geriet der junge Mann ins Hintertreffen, weil der Teufel nur schlechte Gedanken hatte und die des jungen Mannes auch noch dazubekam. Darüber ärgerte dieser sich, und das kam wiederum dem Teufel zugute, dessen Schale immer tiefer sank, und der schon glaubte, gesiegt zu haben.

Die Niederlage vor Augen, wurde der junge Mann ganz still und nahm sich vor, sich um den Teufel überhaupt nicht mehr zu kümmern. Diesen Gedanken hielt er in seinem Innern ganz fest. Als er wieder einmal auf die Waage sah, kam es ihm vor, als sei seine Schale ein wenig gesunken. Das erfüllte ihn mit Freude und der Hoffnung, daß es möglich sei, nicht zu verlieren. Wieder senkte sich seine Schale ein wenig.

Er begriff, daß auch kleine Gewichte zählen, und fuhr eifrig fort, gute Gedanken zu sammeln, ohne sich um den Teufel noch irgendwie zu kümmern. Er spürte wohl, daß dieser sich alle Mühe gab – doch plötzlich gab es einen Ruck, und er sah, daß der Teufel die Lust an dem Spiel verloren hatte und verschwunden war.

Der junge Mann dachte: »Es hat also keinen Sinn, das Böse vernichten zu wollen, ohne es durch entsprechendes

Gutes zu ersetzen. Wenn die eine Schale voll des Guten ist, dann braucht man auch die andere – und so gibt es dann das rechte Gleichgewicht.« Er wurde von einer regelrechten Sammelwut ergriffen – bis beide Schalen so voll waren, daß nichts mehr hineinging.

Nun war er recht zufrieden und wollte sich ausruhen. Da sah er den Vater vor sich stehen, der ihn liebevoll ansah und leise sagte: »Für meine Kinder gibt es kein Ausruhen! Du hast jetzt gelernt, wie man richtig sammelt. Nun lerne, wie man richtig ausgibt.«

Der junge Mann erschrak: »Aber dann werden meine Schalen wieder leer, und der Teufel wird sie füllen!«

»Sei unbesorgt! Was du in meinem Auftrag an die ausgibst, die ich dir schicken werde, das werde ich in deiner Waage immer wieder nachfüllen. Ich bin dein Gleichgewicht.«

Einen Moment lang ließ er den jungen Mann einen Blick in seine unermeßlichen Schätze tun. »Dies alles sollst du in meinem Namen sammeln und ausgeben!«

Da fiel alle Angst und Sorge von dem jungen Mann ab, und eine ungeahnte Kraft ergriff ihn: »Vater, ich danke dir! Führe mich weiter nach deinem Willen!«

Das Mädchen und die Ausstellung

Ein König veranstaltete einmal eine Ausstellung aller seiner Schätze, auf der sich jeder seiner Untertanen ein Stück aussuchen und mitnehmen konnte.

Alle gingen nun durch die Ausstellung und riefen vor lauter Bewunderung: »Oh, das ist schön, das ist wunderbar!«

Unter ihnen war auch ein Mädchen, das ebenso wie die anderen die schönen Dinge bewunderte. Sie ging durch die ganze Ausstellung und konnte sich für nichts entscheiden. Der König saß am Schluß der Ausstellung und sah seinen Untertanen zu.

Das Mädchen dachte: »So schöne Dinge – irgendwer muß sie hierher getan haben.« Als sie den König am Ende der Ausstellung sitzen sah, wollte sie ihm die Hand auf den Kopf legen – als Zeichen dafür, daß sie ihn ausgewählt habe. Der König aber sagte: »Beeil dich, die Ausstellung schließt bald, und du wirst nichts mehr von den schönen Dingen bekommen!«

Das Mädchen fragte ihn: »Hast du die Ausstellung veranstaltet?« – »Ja.« – »Und wenn ich dir die Hand auf den Kopf lege, dann bist du mein?« – »Ja«, sagte der König, der erstaunt gesehen hatte, daß all seine Untertanen nur hinter seinen Schätzen und nicht hinter ihm her waren.

»Und all deine Schätze gehören dann auch mir?« fragte sie weiter.

»Ja«, sagte der König, und da legte sie ihm die Hand auf den Kopf.

Die Diebe

Ein Lehrer besuchte einmal ein Dorf, dessen Bewohner allesamt Diebe waren. Als er davon erfuhr, bat er sie: »O Brüder, gebt das auf, denn es führt zu keinem guten Ende.«

»O Herr, wir danken dir für deine Worte. Aber was sollen wir tun? Außer Stehlen können wir nichts, um unseren Lebensunterhalt zu verdienen.«

Der Lehrer sah, daß sie uneinsichtig waren, und schlug ihnen daher vor: »Gut, wenn ihr meint, dann macht weiter damit. Tut mir aber bitte den Gefallen und führt ein Verzeichnis all eurer Diebstähle – und dies laßt mich einmal jährlich sehen.«

Die Dorfbewohner versprachen das. Aber als ein Jahr um war und sie ihre Liste vorlegen sollten, überfiel sie ein starkes Gefühl der Scham und der Schuld. Sie verständigten sich darüber, daß sie ehrliche Arbeit leisten müßten, um diese schrecklichen Gefühle nicht mehr zu haben.

Mit kleinen Schritten erreichten sie es.

Der alte Gesang

Ich war ein Stein
und das Leben schlief in mir
und ich starb.
Ich wurde eine Pflanze
und das Leben träumte in mir
und ich starb wieder.
Nun erhob ich mich als Tier
und das Leben erwachte in mir
und ich starb.
Endlich wurde ich ein Mensch
und das Leben war in mir wach.
Warum sollte ich mich fürchten?
Wann habe ich verloren durch den Tod?
Denn noch einmal werde ich sterben,
um zu werden, was kein Gedanke je ersann.
O laß mich nicht sein,
denn das Nichtsein kündet
in herrlichen Symphonien:
»Wir kehren heim zu ihm.«

Wie oft noch?

Zwei Sucher saßen am Rande des Weges zu Gott. Ein Lehrer, der diesen Weg täglich viele Male ging, kam an ihnen vorüber. Sie sprachen ihn an: »Frage doch bitte den Herrn, wie oft wir noch in diese Welt kommen müssen!«

Nach einiger Zeit kehrte er zurück.

»Wie ist es bei mir?« fragte der erste Sucher.

»Du wirst noch dreimal wiederkommen«, sagte ihm der Lehrer.

»Oh, welch furchtbares Los, welche Qual, wie soll ich das nur aushalten!« klagte der Sucher.

»Und wie viele sind es bei mir?« fragte der andere.

»So viele, wie Blätter an diesem Baume sind, unter dem du sitzt«, sagte der Lehrer.

»Oh, ich danke dir für diese wunderbare Kunde«, rief der Sucher voller Freude, »ich dachte schon, es würde niemals aufhören!«

In dem Augenblick war er erlöst.

Der Mann, der verloren war

Er hatte keine Ahnung, welche Kraft oder Macht ihn zu diesem abgelegenen Ort gezogen hatte; aber hier war er nun und wanderte langsam eine namenlose, unbefestigte Straße in einem entlegenen Gebiet des Landes entlang, wobei er tiefe Wälder bewunderte, die auf beiden Seiten im Oktoberlaub glühten, und er fühlte sich wundervoll erregt wie noch nie in seinem Leben. Bei der Wegbiegung ging er ziemlich schüchtern an der Menschenmenge nahe dem alten Bauernhaus vorbei und lenkte seine Schritte zu dem Weg auf der einen Seite des Hauses, der einen schmalen Abhang hinunterlief und zu einem offenen Platz mit einer kleinen Quelle führte. Seine unerklärliche Aufregung wurde noch größer, als er das Holzhaus am Ufer des Gewässers sah; es sah so einfach und wohnlich aus wie eine für einen König gebaute Hütte. Er ließ sich bei einigen anderen Leuten nieder, die still auf dem grasbewachsenen Boden saßen, und sein Gefühl gespannter Erwartung wuchs. Er hatte mit niemandem gesprochen, hatte niemanden erkannt, und doch fühlte er sich an diesem friedvollen Ort ganz zu Hause.

Schließlich öffnete sich die Tür des Hauses, und ein Mann kam heraus, um die Leute zu begrüßen, die auf ihn warteten. Er studierte ihn, wie er es mit den meisten Menschen tat, denen er begegnete, und entschied schnell, daß er bei seinem vielen Umherwandern noch nie so ein warmes und mitleidvolles Gesicht gesehen hatte. Der Mann war so natürlich und zugleich so würdevoll. Er bemerkte, daß er mit den anderen die Hände faltete und sich verbeugte, um den Gruß des Mannes zu erwidern. Als der Mann zu sprechen begann, wurde er gewahr, wie ruhig seine Umgebung geworden war. Kein Wind bewegte die trockenen Blätter in der kalten, klaren Luft; die Wolken schienen gänzlich still zu stehen. Es war, als sei der Himmel selbst der Erde nähergekommen, um den sanften Worten des Mannes zu lauschen. Er sagte:

»Einmal lebten wir alle im Schoße Gottes, und jetzt sind wir unfähig, unseren Weg zurück zu unserer wahren Heimat zu finden. Was wir brauchen, ist einer, der sich selbst von diesem irdischen Gefängnis befreit hat, einer, der auch uns befreien und zurück in den Schoß Gottes führen kann, der alle Seligkeit, alles Licht und alle Freude ist.«

Bei dem ersten Satz des Mannes erfüllte ein reißender Schmerz sein Herz und blieb darin. Unverwandt hörte er zu, wagte kaum, sich zu bewegen, aus Furcht, es könne ihm auch nur eine einzige kostbare Silbe der Worte entgehen, um deretwillen es ihn so unwiderstehlich hierher gezogen hatte. Und sein Herz wurde wund. Wenn die Augen des Mannes, die ständig über die zu ihm erhobenen Gesichter wanderten, sich auf ihn richteten, schien es ihm, als käme ein Regenbogen aus ihnen hervor, der sich an seine Augen heftete und dabei unmittelbar ein stärkeres Band herstellte als die Schnur, die ihn einst an seine Mutter gebunden hatte. In diesem Augenblick war er für immer an diese Kraft verloren, die in dem Mann offenbart war. »Ich gehöre zu dir, tu mit mir, was du willst«, sagte er in seinem Innern zu dem Mann. »Was auch immer du von mir verlangst, wie schwierig es auch sein mag, ich werde gehorchen. Es gibt für mich jetzt keine andere Möglichkeit mehr zu leben.« Der Mann schaute lange in seine Augen und fuhr dann fort: »Gott sagt: ›Ich bin der verborgene Schatz in dir. Warum kommst du nicht, um mich zu finden?‹« Und wieder sagte er innerlich: »Was auch immer du sagst, das soll meine Aufgabe sein.«

Während er dasaß und unentwegt zu dem Mann hinaufschaute, schien es ihm, als säße der Mann vor einer offenen Tür, einer riesigen Tür, die sich zu der allein wirklichen Welt hinter ihm öffnete. Tief in seinem Innern hörte er die alten, alten Worte: »Ich bin der Weg und die Wahrheit und das Leben; niemand kommt zum Vater denn durch mich.« – Das Gesicht tränennaß, senkte er seinen Kopf bis zum Boden.

Am nächsten Morgen zeigte der Mann ihm einen Schimmer jenes Schatzes, von dem er gesprochen hatte, damit er dessen, was er suchte, sicher sei. Und es war, als ob ein großer Stein von der Mitte eines Berges weggerollt worden wäre, und der Glanz vieler Sonnen war zu sehen. Sein Atem stand völlig still. Als die Vision vorüber war, zog sich sein Herz in seinem Innern wieder zusammen, und er gelobte: »Ich werde dieses Licht suchen – wenn es sein muß, mein ganzes Leben lang, aber ich werde es ausgraben.« – Nachdem er ihm für sein Geschenk gedankt hatte, nahm er Abschied von dem Mann und ging in die Welt zurück, um mit seiner Arbeit zu beginnen.

Sein Leben änderte sich dramatisch. Nicht, daß er jemals stark an die Freuden dieser Welt gebunden gewesen wäre, jetzt aber aß er nur noch einfachste Nahrung. Er las nur noch die Lebensberichte anderer »Schatzsucher«. Es war ihm gleichgültig, welche Arbeit er in der Welt verrichtete, um seinen Lebensunterhalt zu verdienen; er blieb soviel wie möglich allein und lenkte seine Aufmerksamkeit auf das wunderbare Licht in seinem Innern und auf den Mann, der ihn befähigt hatte, es zu sehen. Wenn er unter Menschen sein mußte, tat er sein Bestes, um freundlich, hilfsbereit und liebevoll zu sein – so wie der Mann, der ihm geholfen hatte.

Aber es war ein langer, mühsamer Prozeß. Meistens war kein Licht da, nur die Erinnerung daran; der Dunkelheit in ihm schien eine steinerne Dichte und Schwere eigen zu sein. Er fühlte sich wie ein Bergmann, der – mit einem Eispickel und seinen bloßen Händen ausgerüstet – vor einem riesigen Berg steht, einem Berg von Wünschen und scheinbar endlosem Selbstbetrug, vor seinem eigenen Berg. Das Graben war eine entmutigende Arbeit. Zeitweise schien der Berg undurchdringlich, und dann rief er verzweifelt nach dem Mann um Hilfe. Jedesmal, wenn er das tat, kamen einige Worte klingend in sein Herz, um ihn zu beruhigen: »Hab Geduld, Rom wurde nicht an einem Tag erbaut. Du weißt, daß am Ende des Tunnels Licht ist. Verzweifle nicht! Schöpfe neuen Mut und grabe tiefer! Suche, so wirst du finden.« Und dann war ein schwacher Strahl da, ein Lichtschimmer durch den ganzen schweren Felsen und Stein hindurch. Er erinnerte sich an das prachtvolle Licht, das er gesehen hatte, und grub mit größerem Eifer als vorher weiter. An einer Stelle entdeckte er, daß ihm noch ein anderes Werkzeug zur Verfügung stand: seine Aufmerksamkeit. Er fand heraus: Je genauer er seine Aufmerksamkeit auf die vor ihm liegende Arbeit richtete, desto tiefer drang er in den Berg ein. Die Wirkung war wie die eines Laserstrahles.

Jahrelang grub er immer weiter. Sein Tunnel in den Berg seiner selbst begann sich auszudehnen. Er fand nun die Kraft, im Wege liegende Felsblöcke nach und nach immer leichter aufzuheben. Er entdeckte auch, daß seine Aufgabe um so leichter wurde, je mehr Hilfe er von dem Mann erbat. Aber selbst während er arbeitete, selbst als der Weg sich langsam vor ihm öffnete, fühlte er sich dem Licht nicht näher. Irgendwo war etwas nicht in Ordnung. Irgendein unverrückbares Hindernis schien seinen Weg zu blockieren; und das Bewußtsein dieser Situation quälte ihn sehr und ließ ihn keinen anhaltenden Frieden finden.

Einmal geschah es, daß er an einem Ort Leute besuchte, die er einige Jahre zuvor unter unglücklichen Bedingungen verlassen hatte. Er sah, daß er auf die Situation so reagierte, wie er es vor der Begegnung mit dem Mann getan hätte. Er erkannte, daß er von Selbstsucht, Ärger, Groll und Schmerz erfüllt war. Ein alter Freund sagte zu ihm:

»Du siehst, dein gegenwärtiges Leben mag sich geändert haben, aber diese Dinge sitzen sehr tief. Du mußt sie untersuchen, ihre Ursachen herausfinden und dann von ganzem Herzen jedem vergeben, der dich in der Vergangenheit angegriffen hat.« – Er weinte und sagte zu seinem Begleiter: »Diese Dinge sitzen so tief, daß ich sie nicht verstehe. Sie müssen nahe dem unmittelbaren Kern des Berges verwurzelt sein. Wie kann ich jemals hoffen, sie auszumerzen?« – In seinem Unglück gingen seine Gedanken zu dem Mann und zu einigen Worten, die er noch in Erinnerung hatte: »Ihr müßt zu euch selbst wahr sein, zu Gott in euch, der alles sieht und alles weiß. Wie lange wollt ihr diesen Kummer in eurem Innern mit euch herumtragen und dabei meinen, daß ihn niemand sieht?« – Auch andere Worte kamen ihm in diesem Augenblick in den Sinn: »Gott wohnt in jedem Herzen. Wenn ihr das wißt, im Innersten eures Herzens wirklich wißt, könnt ihr dann die Gefühle irgendeines Menschen verletzen?«

Etwas später in dieser Nacht, als er sehr niedergeschlagen nach Hause zurückkehrte, hatte er einen seltsamen Traum. Er träumte, er wäre ein kleines Kind, das mit seinem Vater vor dem glänzenden Tor eines großen goldenen Palastes stand. Das Kind weinte untröstlich. Der Vater war liebevoll, aber bestimmt. »Aber ich möchte nicht gehen«, flehte das Kind jämmerlich, »ich liebe hier alles, und ich sehe dich oft.«

»Es bleibt dir keine Wahl, mein Sohn«, antwortete der Vater, »selbst dieser Ort ist nicht deine wahre Heimat. Ich möchte, daß du den ganzen Weg zurückgehst, um für immer bei mir zu bleiben, und das ist allein auf diese Weise möglich.«

»Wie lange muß ich fort sein?« schluchzte das Kind, »ich fürchte, ich werde nicht fähig sein, woanders als hier und bei dir zu leben.«

»Ich will dir zwei Erleichterungen gewähren, mein

Kind. Die Täuschung wird für dich dort unten schnell vergehen, und ein strebsames Herz wird die Reise beschleunigen.«

Widerstrebend, aber gehorsam, hielt es die Hände seines Vaters fest und blickte zum letzten Mal auf den strahlenden Glanz, den es so lange sein Zuhause genannt hatte. »Geh«, sagte er, während er sanft seine Hände losließ, »die Sterne sind bestimmt, die Familie ausgewählt, der Weg vorgezeichnet. Am Ende des Weges wirst du deine Rückkehr beginnen. Zaudere nicht, mein Sohn, ich werde auf dich warten.«

Als das Kind zu ihm aufschaute, strömte das Gesicht seines Vaters allen Glanz um sie her aus. Er nahm einen letzten Atemzug von dieser duftenden, klingenden Luft, riß seinen Blick von seines Vaters Gesicht los, stürzte sich in den dunklen Brunnen, der zu ihren Füßen lag, und wurde in die physische Welt geboren.

Er erwachte in einem Anfall von Schmerz. Laute Wutschreie zerrissen die Luft. »Ich wollte nicht geboren werden! O Gott, ich wollte wirklich nicht geboren werden!« Außer sich über diese nie befreite Leidenschaft warf er einige Kleider über, stürzte aus dem Haus und lief in die umliegenden Wälder. Er rannte durch die Büsche, ohne darauf zu achten, ob seine Ärmel zerrissen oder seine Stiefel schmutzig wurden. In seinem Kopf raste es; so viele Erkenntnisse überfielen ihn auf einmal. Oft hielt er an und schrie aus Leibeskräften. Schmerz und Ärger schienen von den Zehen herauf hochzusteigen. Er sah zum allerersten Mal die vergrabenen Gefühle des Hasses und Grolls gegen Gott und die Menschen, die er in seinem Herzen herumgetragen und die er so lange vor sich selbst, vor Gott und vor anderen zu verbergen gesucht hatte. Er fühlte sich elend, er gestand sich ein, wie er von ihnen Gebrauch gemacht hatte, um sich von der Welt und seinen Mitmenschen auf höchst unnatürliche Weise zurückzuziehen. Und er erkannte mit wachsendem Entsetzen, daß alle diese Gefühle gegen Gott, nicht gegen die Menschen gerichtet waren, und er zitterte, die Tiefen seiner eigenen Absonderung zu sehen.

Mit einem weiteren lauten Schrei warf er sich zu Boden; da lag er und weinte sein Herz leer. Er begriff, daß er jetzt die ganze Schöpfung umarmen mußte – um Gottes willen -, so wie er sie in der Vergangenheit – um seiner selbst willen – abgelehnt hatte. Das Gesicht am Boden, bat er den Mann, für ihn Fürsprache einzulegen, ihm seine Torheit zu vergeben und um die Gabe, anderen vergeben zu können. Und bald war sein ganzes Wesen in die Wasser allumfassender Vergebung und Liebe getaucht, ja, man könnte sogar sagen, mit ihnen getauft.

In dem Berg seiner selbst wurde mit einem Geräusch wie Donner der letzte große Stein für immer fortgerollt, und er erblickte wieder das Licht von vielen Sonnen. Die Mauern, die es verborgen hatten, schienen sich in nichts aufzulösen, und alles um ihn her war Licht. Mit großer Erleichterung und Freude trat er in das Licht ein und umfaßte es und wurde danach eins mit ihm.

Der schlaue König

Der Ruf eines Lehrers verbreitete sich im ganzen Königreich. Von Beruf war er Schuster.

Auch der König hörte davon und wollte ihn sehen – aber wie kann der König zu einem Schuster gehen? Doch eines Tages entschloß er sich nach langen Zweifeln doch und kam zum Haus des Lehrers.

»Hier bin ich!« sagte er, als er dessen Werkstatt betrat. Der Lehrer war gerade bei der Lederzubereitung und rührte in einem Topf mit einem Mittel zum Gerben des Leders.

»Gut. Du willst etwas von mir?«

Als der König bejahte, reichte ihm der Lehrer ein Glas, das er mit der Brühe gefüllt hatte, in der er rührte. Der König schauderte – aber er wollte dem Heiligen gegenüber nicht unhöflich sein und tat so, als ob er das Glas austrinke, goß sich aber den Inhalt unauffällig dabei in sein Hemd.

Wieder zu Hause, gab er das Hemd seinem Wäscher, der es seiner Tochter zum Waschen gab. Damals kaute man besonders schmutzige Stellen aus. Die Tochter wurde nach einiger Zeit als Heilige berühmt.

Der König hörte das und ging zu ihr. »Ich komme nicht als König, sondern als Bittender!«

»Oh, alles was ich habe, verdanke ich dir! Du hast mir das Hemd gegeben . . .«

Der König verstand.

Der Gott der Nahrung

Der Gott der Nahrung ging zum Herrscher der Götter und klagte: »Was soll ich tun? Die Menschen essen mich mitleidlos im Übermaß!«

Er erhielt die Antwort:

»Ganz einfach! Die zuviel essen, die iß du.«

Die Fliegen

Es waren einmal zwei Könige, die sich von ihren weltlichen Aufgaben zurückgezogen hatten, um in Ruhe Gott zu dienen. Doch die Menschen verfolgten sie überallhin, da sie meinten, daß Könige, die heilige Männer würden, besondere Verdienste hätten und daher bei der Erfüllung ihrer Wünsche behilflich sein könnten.

»Dafür haben wir unsere Reiche nicht aufgegeben!« sagten die beiden Könige und gingen in die Wildnis. Dort hatten sie eine Weile Ruhe.

Aber der Duft des Jasmin dringt auch aus dem Wald; bald verbreitete sich der Ruf von zwei besonders heiligen Männern im ganzen Land. Er erreichte auch den regierenden König, und dieser machte sich auf, um ihnen seine Ehrerbietung zu erweisen. Der Zug der Menschen, die ihn dorthin begleiteten, wurde immer größer, je näher sie der Hütte der beiden Heiligen kamen. Diese sahen die riesige Menge kommen und verabredeten sich, wie sie sie wieder loswerden und ihre Ruhe wiedergewinnen könnten, um Gott zu dienen.

Als der König und die ganze Menge vor der Hütte Platz genommen hatten, um einem Gespräch über Gott zu lauschen, kamen die beiden Heiligen streitend aus ihrer Hütte:

»Heute werde ich gehen und das Essen erbetteln«, sagte der eine.

»So, das könnte dir so passen! Das hast du schon gestern getan und dabei alle Süßigkeiten, die du bekommen hast, aufgegessen! Und für mich blieb nichts übrig!«

So ging das weiter, und nach einiger Zeit rief der König entrüstet aus:

»Was sind das für Heilige, die wie die Hunde ums Essen streiten! Gehn wir augenblicklich!«

Nachdem die beiden Heiligen wieder allein waren, sagten sie erleichtert:

»Gott sei Dank! Die Fliegen sind wir wieder los!«

Der Herr des Ego

Auf einer Versammlung mit seinen Schülern sagte ein Lehrer: »Wer mir sein Ego gibt, kommt im gleichen Augenblick in den Himmel.«

Ein Mann stand auf: »Ich.«

»Aber es gehört dir ja noch nicht. Wie kannst du es da hingeben. Mache es dir zuerst zu eigen.«

Niemand stand mehr auf.

Der Trick

Es lebte einmal ein Schüler, der von seinem Lehrer gelernt hatte, sich ins Jenseits zu erheben.

Eines Tages wurde er krank und mußte große Schmerzen erdulden. Doch immer, wenn diese einsetzten, verließ er seinen Körper und erfreute sich schönerer Welten.

So fand ihn sein Lehrer und zog ihn mit seiner Aufmerksamkeit in seinen Körper zurück: »Was machst du da drüben? Du mußt hier für die Rückwirkungen deiner Vergangenheit leiden. Dein Gemüt muß leiden!«

Der König als Schiffbauer

Der König eines großen Landes wollte für sein Land eine Flotte bauen lassen. Um die Arbeiten daran richtig leiten zu können, begab er sich als einfacher Arbeiter in ein anderes Land, um dort auf einer Werft das Handwerk zu erlernen.

Dort begegnete er vielen Landsleuten, die aus verschiedenen Gründen ihr Land verlassen mußten und auf der Werft arbeiteten. Nach einiger Zeit hatte der König gelernt, was er brauchte und bereitete sich auf die Rückkehr in sein Land vor. Er fragte seine Landsleute, ob sie ihn nicht begleiten wollten.

»Aber wir würden keine Erlaubnis zur Rückkehr erhalten!«

Der König lächelte: »Zufällig kenne ich den König und werde ein gutes Wort für euch einlegen.«

»Aber du bist doch auch nur ein einfacher Arbeiter wie wir!«

»Mag sein. Fragt nicht weiter. Das Leben ist manchmal seltsam.«

Seiner vertrauensvollen und freundlichen Art wegen gingen sie dann mit ihm und wunderten sich über die Hochachtung, die ihrem Gefährten entgegengebracht wurde.

Nicht lange, und sie erfuhren, wer er wirklich war.

Die Katze ist aus dem Sack

Ein Lehrer hatte einen Schüler, der einer hohen Kaste angehörte, während er selbst und viele seiner anderen Schüler einer niedrigeren Kaste angehörten.

Eines Tages schickte er einige der Schüler zu diesem Schüler und diese riefen, als sie sich dessen Haus näherten: »Wo ist unser Bruder, wir wollen unseren Bruder besuchen!« Dieser schämte sich vor seinen Freunden und Nachbarn, als sie ihm sagten, daß seine Brüder gekommen seinen und verleugnete sie: »Nein, das sind nicht meine Brüder!«

Die Schüler gingen unverrichteter Dinge wieder zurück zum Lehrer, und dieser sagte: »Gut, wir werden das Feld nicht mehr bewässern.«

Kurz darauf spürte der Schüler, was er getan hatte: Sein Leben verdunkelte sich, und er war verzweifelt. Wie konnte er jemals seinem Lehrer wieder unter die Augen treten und ihn bitten, ihn wieder mit Leben zu erfüllen!

Der Lehrer hatte eine Vorliebe für Tanzdarbietungen, die in Abständen in seinem Haus stattfanden.

Obwohl der Schüler an diesen Dingen kein Interesse hatte, ging er zu einem der dort auftretenden Mädchen und versprach ihr eine hohe Belohnung, wenn sie ihn in Tanz und Gesang unterrichte.

Nach einem Monat sollte wieder eine dieser Veranstaltungen stattfinden, und der Schüler bat das Mädchen, ihm ihre Kleider zu überlassen und ihn an ihrer Stelle hingehen und tanzen und singen zu lassen.

Er sang und tanzte so voller Liebe und Hingabe, daß sich der Lehrer erhob und zu ihm ging und ihn umarmte. Die Leute dachten natürlich: »Aha, die Katze ist aus dem Sack. Der Lehrer umarmt eine Frau!«

Da sagte der Lehrer: »Zieh diese Kleider aus, damit die Leute sehen, wer du bist.«

»Oh, ich bin deiner Gnade nicht wert!«

Er erhielt alles zurück, was er verloren hatte.

Die Prinzessin und der Prinz

Es war einmal eine Prinzessin, die schon als kleines Kind dem Königssohn eines benachbarten Königreiches als Gattin versprochen worden war. Ihr Vater, der König, liebte sie sehr, da sie seiner Frau, die bei ihrer Geburt gestorben war, so sehr glich. Er ließ die besten Lehrer an seinen Hof kommen und ermöglichte ihr viele Reisen in ferne Länder. Sie wuchs zu einem schönen und klugen Mädchen heran.

Nur eines machte dem König Sorgen: Sie wehrte sich entschieden dagegen, das Verlöbnis mit dem Prinzen des Nachbarreiches anzuerkennen.

Als eines Tages die Kunde an den Hof gelangte, daß sich ein Heiliger nicht weit von der Hauptstadt niedergelassen hatte, ging der König zu ihm, um ihn um Rat zu fragen. Der Heilige riet ihm ab, die Prinzessin mit Gewalt an das Versprechen zu binden, da ihr ein höheres Schicksal bestimmt sei.

Als sie von diesen Worten hörte, ging sie aus Neugierde ebenfalls zu dem Heiligen, um mit ihm über heilige Schriften zu diskutieren, die sie gelesen hatte. Doch dieser beachtete sie weniger als eine Ameise zu seinen Füßen. Das war sie nicht gewohnt, und sie ging wieder zu ihm – doch mit dem gleichen Ergebnis. Nun erwachte ihr Interesse vollends, und da sie nicht mit ihm reden konnte, schwieg sie wie er und wandte sich nach innen. Nach einiger Zeit begann ihr dies Freude zu machen – und da fing er an, ihr ein wenig Beachtung zu schenken. Wieder einige Zeit später begann er leise über die Inhalte der Schriften zu sprechen, und sie lernte zu hören. In ihr reifte der Entschluß, ihr Leben der Religion zu weihen und zu seinen Füßen zu verbringen.

Da kam der Tag, da der Heilige fortging, weil seine Zeit, die ihn durch ein Gelübde an diesen Ort gebunden hatte, um war. Nach einigen Tage merkte die Prinzessin, daß mit ihm ihr Leben davongegangen war.

Der König, der sich große Sorgen wegen ihrer Entwicklung zu einem asketischen Leben gemacht hatte, hatte einen Boten zu dem Prinzen gesandt. Eines Tages erschien ein Bote von dem Nachbarkönigshof, der eine Nachricht für die Prinzessin mitgebracht hatte. Da er ein Mönch war, empfing sie ihn. Er beeindruckte sie durch seine Ruhe und richtete seine Botschaft aus, die in der Erinnerung an das Eheversprechen bestand. Sie aber wußte nun, daß sie lieber der Welt entsagen und in den geistlichen Stand eintreten wollte, als Königin zu werden, und fragte den Mönch:

»Glauben Sie, daß der Prinz meine Entscheidung annehmen wird?«

»Er läßt Ihnen soviel Zeit dazu, wie Sie wollen«, antwortete der Mönch.

Die Prinzessin, in deren Augen der Prinz, der einen solchen Boten und Ratgeber hatte, in ihrer Achtung gestiegen war, fragte weiter:

»Ist es nicht besser, der Welt zu entsagen?«

»Muß der Schüler des Lehrers daran erinnert werden, daß wahre Entsagung die Aufopferung des eigenen Willens ist?«

Da war es der Prinzessin, wie wenn ein Schleier von ihren Augen weggezogen würde, und sie erkannte ihn wieder – ihren Lehrer, dessen Weisheit sie so sehr vermißt hatte. Sie erfreute sich seiner Gegenwart, und auch der Gedanke, mit ihm an dem fremden Königshof zu sein, verlor seine Schrecken.

Da erreichte den Hof die Nachricht, daß der König des Nachbarreiches verstorben war, und der Mönch, der Lehrer der Prinzessin, überbrachte ihr eine persönliche Botschaft des Prinzen. Er schlug ihr darin vor, mit dem

Mönch, seinem Ratgeber, eine Pilgerreise von einundzwanzig Tagen zu einem bestimmten Tempel zu machen, die sie als Bedenkzeit für ihre endgültige Entscheidung und zum Andenken an den verstorbenen König nutzen könne.

Über diesen Vorschlag war die Prinzessin sehr froh und dankte in ihrem Herzen dem Mönch für seinen guten Einfluß auf seinen Herrn, den Prinzen und nunmehrigen König des Nachbarreiches.

Sie machte sich mit ihm auf die Reise – und als sie den Tempel erreichten, hatte sie so viel gesehen, daß sie dem Mönch, ihrem Lehrer, zu Füßen fiel und unter Freudentränen rief:

»Laß mich dir folgen bis an der Welt Ende!«

»Ob dieser dein Entschluß ernst ist, das wird sich am Schreine jenes Tempels erweisen, wenn ich dich verlassen habe!«

Sie aber freute sich auf jene Prüfung, da sie ganz sicher wußte, daß sie mit ihm in unauflöslicher, mystischer Ehe verbunden war.

»Verbringe die heutige Nacht in dem Tempel; wenn du morgen früh den innersten Raum des Tempels betrittst, wirst du dem jungen König für immer angehören – andernfalls bist du frei, deinem eigenen Willen zu folgen. Meine Aufgabe ist nun erfüllt.«

Und er verließ sie.

In dieser Nacht in dem kleinen Tempel erfuhr sie noch einmal alle Qualen und Verzweiflungen der inneren Dunkelheit – und die Wunder und Freuden ihres inneren Lichtes, das ihr Lehrer war.

Am nächsten Morgen schritt sie entschlossen auf den innersten Raum des Tempels zu und öffnete die Tür. In ihm stand ihr Lehrer und sagte leise: »Ich bin der König.«

Die Tränen

Ein Lehrer wurde gefragt, ob er bete, wenn er Gott sehe, oder ob er bete, um ihn herbeizurufen. »Zuerst kommt Gott, dann bete ich«, sagte er.

Wie er denn wissen könne, ob Gott da sei, wurde er gefragt.

Er sagte: »Mein Herz wird voll, und meine Augen beginnen, Tränen zu vergießen. Ich meine dann, daß er da ist und mich zu sich zieht – und dann bete ich.«

Wie das Pferd am Brunnen

Ein Offizier ritt übers Land. Da sah er einen Brunnen, und da sein Pferd durstig war, wollte er es trinken lassen. Es war ein Ziehbrunnen, und wenn der Bauer, dem der Brunnen gehörte, das Wasserrad drehte, entstand ein quietschendes Geräusch, welches das Pferd zurückscheuen ließ. Der Offizier bat daher den Bauern, mit dem Drehen aufzuhören, damit das Pferd trinken könne. Doch nun war kein Wasser mehr da. Drehte sich das Wasserrad aber wieder, scheute das Pferd. Dies wiederholte sich mehrere Male – bis der Bauer sagte:

»Offizier, du wirst ihm die Peitsche geben und es zwingen müssen, zu trinken. Wenn es einmal trinkt, wird es das Quietschen vergessen.«

Das Kamel

Einmal wurde ein Lehrer gefragt: »Der Herr wacht immer über uns. Wird er sich nicht auch um mein Kamel kümmern, wenn ich seine Beine nachts nicht zusammenbinde?«

Der Lehrer antwortete: »Binde du die Beine des Kamels zusammen – und den Rest überlasse dem Herrn.«

Die Schlacht

Ein großer Feldherr saß in seinem Zelt am frühen Morgen einer Entscheidungsschlacht. Er schrieb an den Richtlinien für die Grundschulen seines Reiches. Nach einigen Stunden, als der Morgen graute, machte er einen Spaziergang vor seinem Zelt. Dort traf ihn einer seiner Minister und fragte ihn ganz aufgeregt: »Herr, wißt ihr nicht, daß die Schlacht in einer Stunde beginnt?«

Der Feldherr antwortete ruhig: »Ja, das ist um neun Uhr. Jetzt aber ist es acht Uhr.«

Zaudern ist der Dieb der Zeit

Ein Mann bemerkte, daß seine Frau sich große Sorgen machte. Er fragte sie nach dem Grund. Sie antwortete: »Ich habe einen Bruder. Er ist der einzige Mann in der Familie. Er sagt, er wird die Welt verlassen und Einsiedler werden.«

»Und wie lange sagt er das schon?«

»Drei oder vier Jahre. Wir befürchten jeden Augenblick, daß er geht und nicht wiederkommt.«

Ihr Mann antwortete: »Wenn er das drei oder vier Jahre lang sagt und noch nicht gegangen ist, dann wird er niemals gehen.«

»Wir machen uns große Sorgen, und du sagst, daß er es nicht tun wird!«

»Willst du sehen, wie man weggehen kann?«

Aus Spaß sagte sie: »Ja.«

»Gut, ich gehe.« Und er ging aus dem Haus und auf die Straße.

Seine Frau rief: »Gut, aber nun komm zurück.«

»Nein, ich bin gegangen.«

Er kam nicht wieder zurück.

Die Blumen

Eine bekannte weise Frau hielt einmal einen Vortrag. Nach einer Weile wurde sie von einem Mann unterbrochen: »Madame, das, worüber Sie gesprochen haben, widerspricht allen Gesetzen der Vernunft. Es ist so unmöglich, als wenn Blumen von der Decke regnen würden.«

Die weise Frau antwortete: »Sie glauben, daß das unmöglich ist?«, und schon begannen Blumen von der Decke zu regnen.

Sie erläuterte den erstaunten Zuschauern: »Dies geschieht in Übereinstimmung mit Naturgesetzen, die Ihnen noch verborgen sind.«

Das Schwert

Ein König verlor sein Reich an einen kriegerischen Fürsten und kam als Flüchtling zu einem Lehrer, um sich mit dessen Segnungen Trost in seiner verzweifelten Lage zu verschaffen.

Der Lehrer spielte gerade mit einigen Kindern, als der König ihm seine Aufwartung machte. Die Zeit verging, ohne daß ihm Aufmerksamkeit geschenkt wurde. Schließlich wurde er wütend, und seine Hand fuhr an den Griff seines Schwertes. Doch so fest er auch daran zog – er konnte es nicht aus der Scheide bekommen.

Der Lehrer sah nun auf und lächelte: »Tapferer König, wo war dein Schwert, als du dein Reich verlorst? Von einem Krieger geschlagen, willst du es nun gegen einen armen Fakir gebrauchen?«

Der König war beschämt und bat den Lehrer um Vergebung. Daraufhin erhielt er den Segen des Lehrers, der ihn jedoch wissen ließ, daß er erst nach vielen Jahren einsamen Exils in der Lage sein würde, Truppen aufzustellen und sein Reich zurückzuerobern. So war es denn auch.

Der Bootsmann

Ein Bootsmann setzte die Menschen mit seinem Boot über den Strom. Einmal kam ein Gelehrter zu ihm und ließ sich übersetzen. Unterwegs fragte er den Bootsmann:

»Armer Mann, wieviel hast du in deinem Leben gelesen? Viel wird es nicht gewesen sein.«

»Sie haben recht, ich habe nichts gelesen. Es tut mir leid.«

»Oh, dann ist dein ganzes Leben umsonst.«

Diesmal war der Strom reißender als sonst, und das Boot drohte umzuschlagen. Der Bootsmann rief dem Gelehrten zu:

»Herr, das Boot wird umschlagen. Haben Sie gelernt, wie man schwimmt?«

»Ja, ich habe in Büchern darüber gelesen.«

»Dann ist nun ihr Leben umsonst!«

Und der Bootsmann sprang ins Wasser und schwamm sicher ans Ufer.

Konzentration

Einmal ging ein Sucher zu einem Lehrer. Dieser fragte ihn: »Wen liebst du am meisten?«

Der Sucher antwortete: »Am meisten liebe ich meinen Büffel.«

Der Lehrer forderte ihn auf, in einen Raum zu gehen und ausschließlich an seinen Büffel zu denken.

Zwei Tage später kehrte der Lehrer zu ihm zurück und sagte zu ihm: »Gut, komme jetzt wieder heraus.«

Der Sucher antwortete: »Ich kann nicht, meine Hörner sind zu breit für die Tür.«

Er bekam etwas.

Das Buch

Ein Schüler ging einmal mit einem Buch unter dem Arm zu seinem Lehrer. Der Lehrer fragte ihn: »Was ist das für ein Buch?«

»Herr, das ist ein Buch, in dem erklärt wird, wie man Wasser gewinnt.«

Lächelnd sagte der Lehrer: »Gut, presse die Seiten des Buches zusammen und schau, wieviel Tropfen Wasser herauskommen.«

Das Verlangen

Ein junger Mann ging zu einem Lehrer und bat um Einweihung. Dieser wollte gerade zum Fluß gehen, um zu baden. Er bat den jungen Mann, ihn zu begleiten. Sie entledigten sich ihrer Kleidung und stiegen in den Fluß. Plötzlich ergriff der Lehrer den jungen Mann und drückte ihn unter Wasser. Dieser wehrte sich verzweifelt und versuchte, den Kopf über Wasser zu bekommen.

Schließlich ließ ihn der Lehrer frei und sagte: »Wenn dein Verlangen nach dem Herrn so groß ist wie dein Verlangen nach Luft eben, dann bist du bereit für den Weg.«

Etwas Biographie

1940 geboren bei Magdeburg, aufgewachsen in Jena/Thüringen
1952 Übersiedlung in den Westen
1960 Abitur an einem Internat der Herrnhuter Brüdergemeine
1960/61 eineinhalb Jahre Bundeswehr
1962 Freie Universität Berlin (Psychologie)
1964 Argumentclub
1965 SDS
1967 Kommune 1
1968 Uschi Obermaier
1969 Drogenexperimente in München
1972 Initiation in den Surat, Shabd Yoga durch Kirpal Sing, Rückzug in die Versenkung, Frauen
kleine Jobs

1982 Privatdruck »Die Mitte der Dunkelheit« über die Erfahrungen
Versuch des Auftauchens
Arbeiten mit und immer mehr für Frauen
1986 »Theoria diffusa«
Schattenarbeit und Nullsummenspiele aus Gesprächen mit drei Frauen
(2. Auflage 1988, Raymond Martin Verlag, Markterlbach)

Die Geschichten auf den Seiten 11, 20, 31, 50, 90, 126 stammen von Tracy Leddy und wurden im *Sat Sandesh – Die Stimme der Meister* der Jahrgänge 1972/73, herausgegeben vom Ruhani Satsang für Mitteleuropa, veröffentlicht.

Die Geschichte auf Seite 71 von Oskar A. H. Schmitz heißt bei ihm »Epilog auf die ersten Dinge« und wurde in seinem Buch *Brevier für Einsame,* Leipzig 1923, veröffentlicht.

Wir danken den Inhabern der Rechte für die freundliche Genehmigung zum Abdruck.

(Rechteinhaber für Tracy Leddy: s. o. c/o B. M. Fitting, Straße des Roten Kreuzes 34, 7500 Karlsruhe-Bergwald; für O. A. H. Schmitz: Verlag Langen-Müller, München)

Ralph Metzner
Hineingehen
Wegmarken für die Transformation
300 Seiten, kart. ISBN 3-7626-9501-4
In einem interkulturellen Vergleich wird ein Überblick über die wichtigsten Symbole für Transformation geliefert. Das Auftauchen der gleichen Bilder in allen kulturellen Traditionen beweist, daß Transformationssymbole ein gemeinsames Erbe der Menschheit von unschätzbarer Bedeutung sind und uns auffordern, den Transformationsprozeß besser zu verstehen und Mut zu schöpfen für den weiteren Weg.

Rickie Moore
Die Göttin in dir
Sieben Stufen zum inneren Frieden
184 Seiten, kart. ISBN 3-7626-9503-2
Rickie Moore erzählt die Odyssee ihrer Lebensreise von der bürgerlichen Hausfrau zur Göttin in ihr selbst. Dabei wird sich die Autorin dessen bewußt, daß sie selbst verantwortlich ist für den Frieden in sich und in ihrer Umgebung. Sie zeigt an praktischen Beispielen die Möglichkeiten, zu einem Stück mehr inneren Frieden zu gelangen.

Gregory Szanto
Die Hochzeit von Himmel und Erde
Eine Philosophie des Wassermann-Zeitalters
218 Seiten mit 9 Zeichn., kart. ISBN 3-7626-9504-0
Die wahre Entfaltung des menschlichen Potentials kann dann stattfinden, wenn beide Ebenen, Himmel und Erde, sich zu einer Verbindung vereinigen, in der die Gesetze beider Ebenen ihre Gültigkeit behalten. Aus dieser Vereinigung gleichberechtigter Partner entsteht etwas Neues, das mehr ist als die Summe seiner Teile. *Die Hochzeit von Himmel und Erde* ist eine Einladung dazu, den Schritt bewußt zu tun und dabei die Fähigkeiten des eigenen Geistes nicht zu vergessen.

Starhawk
Wilde Kräfte
Sex und Magie für eine erfüllte Welt
260 Seiten, kart. ISBN 3-7626-9502-4
Die alte Religion der Göttin enthält eine enorme transformatorische Kraft zur Überwindung der unheilvollen spirituellen und politischen Trennung zwischen Individuum und Gesellschaft. Persönliche Transformation findet ihren erfüllenden Sinn erst in der Integration in die Lebensgemeinschaft dieses Planeten. *Wilde Kräfte* richtet sich an Frauen und Männer, die aus einem Gefühl persönlicher Verantwortung heraus die Ergebnisse ihrer eigenen transformatorischen Entwicklung in praktische Arbeit für das Wohlergehen unserer Erde einbringen wollen.

Edition Phönix im Verlag Hermann Bauer

Edition Phönix im Verlag Hermann Bauer

Reiner Frei
Wie Erde und Wind
Gedanken und Zeichen zur Wirklichkeit
144 Seiten, 66 Kalligraphien, kart. ISBN 3-7626-9500-8
Jeder Gedanke, jedes bildhafte Zeichen ist ein Verweis auf die eine, ungeteilte Wirklichkeit, die sich des Künstlers als Kanal bedient, um sich zu manifestieren. Das Ergebnis sind 66 Sinnsprüche mit den dazu korrespondierenden, frei aus dem Tuschepinsel geflossenen Kalligraphien. *Wie Erde und Wind* ist eine Einladung zu direkter Meditation, zu einem Moment der Stille im Alltag. Es ist ein Begleiter, der immer wieder dazu einlädt, sich für einen Augenblick in die Stille zu versenken.

John White (Hrsg.)
Was ist Erleuchtung?
ca. 250 Seiten, kart. ISBN 3-7626-9505-9
John White schildert die Suche vieler Menschen durch alle Jahrtausende nach Selbsterkenntnis. Wer bin ich? Warum bin ich hier? Wohin gehe ich? Worum geht es im Leben? All das sind Teilaspekte der einen Frage: Was ist Erleuchtung? Bekannte Autoren werden in der Essenz ihres Denkens vorgestellt. Dabei kommen moderne spirituelle und transpersonale Denker ebenso zu Wort wie die Klassiker. Eine kurze Einführung des Herausgebers in den jeweiligen Text ermöglicht es, auf einfache Weise herauszufinden, welcher Ansatz am besten der derzeitigen Situation der Leser entspricht. Das Buch wird auf schönste Weise seinem eigenen Thema gerecht. Es schenkt ein Stück Licht auf dem Weg der persönlichen Evolution.

Andreas Giger (Hrsg.)
Was bleibt vom New Age?
ca. 200 Seiten, kart. ISBN 3-7626-9507-5
Einerseits wird New Age als vorübergehende soziale Bewegung betrachtet, deren oft blauäugiger Optimismus über die Zeit, die es braucht, bis das gelobte neue Zeitalter anbricht, auf den Müllhaufen der Geschichte gehört; andererseits ist nicht zu übersehen, daß auf vielen Gebieten von der New Age-Idee fruchtbare und kreative Impulse ausgegangen sind, deren Saat aufgehen wird, auch wenn niemand mehr vom New Age redet. Das Buch will beide Seiten berücksichtigen und Hinweise dafür geben, was es wert ist, weiter gepflegt zu werden, und was ohne Bedauern zu den Akten gelegt werden kann. Es richtet sich an den großen Kreis derer, die im New Age Angebote von Ideen sehen, von denen manche auf dem Weg der persönlichen Evolution weitertragen könnten.

Edition Phönix im Verlag Hermann Bauer